21世纪
年度最佳
外国小说
2015

首相 A

さいしょうA
[日] 田中慎弥 著
林青华 译

人民文学出版社

著作权合同登记号　图字 01-2015-5567

Copyright © 2015 Shinya Tanaka
All rights reserved.
Originally published in Japan by Shinchosha Publishing Co., Ltd. under the title "*Saishou A*".
Chinese (in simplified character only) translation rights is reserved by People's Literature Publishing House under the license granted by Shinya Tanaka arranged through Cork, Inc., through Kodansha Beijing Culture LTD..

图书在版编目(CIP)数据

首相 A/(日)田中慎弥著；林青华译.—北京：人民文学出版社，2015

(21世纪年度最佳外国小说)

ISBN 978-7-02-011191-6

Ⅰ.①首… Ⅱ.①田…②林… Ⅲ.①中篇小说—日本—现代 Ⅳ.①I313.45

中国版本图书馆 CIP 数据核字(2015)第 271134 号

责任编辑　张海香　于　壮
装帧设计　陶　雷
责任校对　王　璐
责任印制　苏文强

出版发行　人民文学出版社
社　　址　北京市朝内大街 166 号
邮政编码　100705
网　　址　http://www.rw-cn.com

印　　刷　三河市鑫金马印装有限公司
经　　销　全国新华书店等

字　　数　92 千字
开　　本　880 毫米×1230 毫米　1/32
印　　张　6.125　插页 1
印　　数　1—5000
版　　次　2016 年 3 月北京第 1 版
印　　次　2016 年 3 月第 1 次印刷
书　　号　978-7-02-011191-6
定　　价　28.00 元

如有印装质量问题，请与本社图书销售中心调换。电话：01065233595

出版说明

评选并出版"21世纪年度最佳外国小说",是一项新创的国际文学作品评选活动和出版活动。在世界文学格局中,由中国文学研究机构和文学出版机构为外国当代作家作品评奖、颁奖,并将一年一度进行下去,这是一个首创。

"21世纪年度最佳外国小说"评选活动由人民文学出版社和中国外国文学学会及各语种文学研究会(学会)联合举办,人民文学出版社主办。评选委员会由分评选委员会和总评选委员会构成。各语种文学研究会(学会)遴选专家,组成分评选委员会,负责语种对象国作品的初评工作;再由人民文学出版社、中国外国文学学会及上述各语种文学研究会(学会)委派专家组成总评委会,负责终评工作。每一年度入选作品不得超过八部。入选作品的作者将获得总评委会颁发的证书、奖杯,作品由人民文学出版社组成丛书出版,丛书名即为:"21世纪年度最佳外国小说"。

总评委会认为,入选"21世纪年度最佳外国小说"的作品应当是:世界各国每一年度首次出版的长篇小说,具有深厚的社会、历史、文化内涵,有益于人类的进步,能够体现突出的艺术特色和独特的美学追求,并在一定范围内已经产生较大的影响。

总评委会希望这项活动能够产生这样的意义，即：以中国学者的文学立场和美学视角，对当代外国小说作品进行评价和选择，体现世界文学研究中中国学者的态度，并以科学、谨严和积极进取的精神推进优秀外国小说的译介出版工作，为中外文化的交流做出贡献。

自2002年第一届评选揭晓到2014年，"21世纪年度最佳外国小说"评选活动已成功举办13届，共有23个国家的80部优秀作品获奖，其中，2006年度、2003年度法国获奖作家勒克莱齐奥和莫迪亚诺先后荣获了2008年、2014年诺贝尔文学奖，足见这一奖项的权威性和前瞻性，也使"21世纪年度最佳外国小说"成为一个名副其实的重要文学奖项。

自2008年开始，这套书不再以外文原版书出版时间标示年度，而改为以评选时间标示年度。

自2014年起，韬奋基金会参与本评选活动，在"21世纪年度最佳外国小说"评选基础上，设立"邹韬奋年度外国小说奖"，每年奖励一部作品。

我们感谢韬奋基金会的鼎力支持。我们相信，"21世纪年度最佳外国小说"的评选及其出版将结出更加丰硕的成果。

人民文学出版社
"21世纪年度最佳外国小说"评选委员会

"21世纪年度最佳外国小说"评选委员会

总评选委员会

主 任

聂震宁　陈众议

委 员

（以姓氏笔画为序）

叶廷芳　刘文飞　陈众议　陆建德
吴岳添　肖丽媛　金　莉　高　兴
盛　力　聂震宁　程朝翔　管士光

秘书长

欧阳韬　陈　旻

东方文学评选委员会

主 任

高　兴

委 员

（以姓氏笔画为序）

石琴娥　吴正仪　高　兴　魏大海　袁　伟

《首相A》是一部包含丰富元素的反乌托邦小说,一部二十一世纪的《一九八四》。作者以奇思妙想,构筑了一个与现实世界有着千丝万缕的联系,又处处光怪陆离荒诞不经的平行世界;以卡夫卡、乔治·奥威尔、马里奥·普佐、三岛由纪夫等现代文学元素,打造了一个充满现实感又异常恐怖的国度。

这部小说既是寓言,也是预言。它揭示了日本人看不到的"日本",直击日本现政权的本质;同时它以精准的笔触,预测到了真实世界的日本的动向。不得不说,《首相A》是日本文学中难得一见的奇作。

"21世纪年度最佳外国小说"评选委员会

『宰相A』はディストピア小説であり、二十一世紀の『1984』だ。著者は優れた想像力で、現実と並行存在する不可思議な世界を創りあげた。日本人には見えない恐怖に満ちた「日本」を描いたこの小説は、カフカ、ジョージ・オーウェル、マリオ・プーゾ、三島由紀夫に見られる文学のモチーフを厳しく追求する姿勢がある。

安倍政権を厳しく批判し、日本の動きをより現実的な目で捉えたこの小説は「寓言+予言」とも言える。『宰相A』は日本の将来を先見の目で見据えた最も価値ある現代日本文学作品の一つだ。

「21世紀年間ベスト外国小説」選考委員会

译者前言

田中慎弥的新作《首相A》，先在《新潮》杂志2014年10月号头条刊出，继而由新潮社在2015年3月推出单行本。

小说描述作家T计划给母亲扫墓，并想以此为题材写一篇小说。他在列车上打瞌睡，岂料醒来却发现，自己来到了一个陌生的日本。这个"日本"由盎格鲁-撒克逊人统治。他们自称日本人，一律身穿绿色制服，持N·P证明身份。T被拘捕，移交给受歧视、限定居住范围的"旧日本人"。在传统的"旧日本人"里面，作家T被民众认为是反叛领袖J的转世再生。于是他被卷入一场针对盎格鲁-撒克逊日本人的反抗运动之中。

身为"旧日本人"，但被盎格鲁-撒克逊日本人选为首相的A，定时出现在电视屏幕上，推行"和平的民主主义战争",宣扬"战争主义的世界和平主义"。巨大的首相和渺小的 T 形成鲜明的对比,T 的反抗旋即失败,在首相的注视下受到严酷的惩罚,前途未卜……

《首相 A》与日本当下的政治现实针锋相对,被视为"问题之作",一经出版,便引起强烈反响。作者在《周刊现代》(2015 年 4 月 4 日号)上坦言:"(A)表示阿道夫·希特勒(Adolf Hitler)的 A,但更表示安倍(Abe)的 A。"

作者田中慎弥居住在山口县下关市。这里是日本首相安倍晋三的老家,也是这位首相的选举区。据说田中给安倍寄赠了这部作品。他说,要与安倍首相"进行一次交锋"。

在田中眼里,安倍这个人"感觉上不是特别坏的人,也绝对不强大,却硬要鞭策自己,好像不得不那么做似的"。

战前的日本,就有许多国家领导人,胸怀为帝国开疆拓土的"大志",兢兢业业把日本推向侵略战争的邪路。作者敏锐地洞察现实,暗讽那位一心只要完成外公遗愿、不惜改变日本的和平路线、把日本绑上战车的首相。

有评论认为,小说直指日美关系的本质,揭示了安倍首相在这种关系里的角色之滑稽。而在小说问世后的半年之内,现实就一步步佐证了作者的预言:在小说中,"旧日本人"的首相A,将"旧日本人"和盟国美国绑在一起,在全世界推行"战争主义的世界和平主义"。在现实中,安倍果真跑去美国献媚,积极推动修改安保法案,大搞所谓"积极和平",这与小说中的描写何其相似。

可以说,《首相A》是一部深度介入现实政治的预言小说。

说起预言,最负盛名的预言小说非《1984》莫属。有评论家认为,乔治·奥威尔的反乌托邦小说《1984》警示了世界,作品对未来世界的描述,使世界避免走向这一可怕的未来,功莫大焉。而当今日本作家创作的预言小说,也引起了人们极大的关注。

日本社会由高速发展转为停滞的近二三十年,混沌之中滋生着危险因素。如果说,1995年日本发生的恐怖袭击——东京地铁沙林毒气事件,触发了作家村上春树深入思考,创作了向《1984》致敬的预言小说《1Q84》;那么,十多年后发生在东京秋叶原的斩杀无辜路人事件,则成为触发田中慎弥思考自己与现实关系的出发点。行凶者加藤智大,成为《首相A》里面重要人物J的原型。

2008年，日本失业青年加藤智大在东京闹市区秋叶原用利刃袭击路人，刺死刺伤多人，震动列岛，是日本极罕有的恶性事件。事件在作者心中经七年沉淀、反刍之后，在其笔下将如何出现呢？小说《首相A》的主人公作家T，因与已故"民族英雄"J长得极似，被民众所拥戴。作者说，这一关键情节，起因于一个偶然发现：自己的侧脸，与加藤智大甚为相似！

现实中的加藤，因生活失意而将利刃挥向路人、弱者，时移世易，在《首相A》的世界里，做出类似行为的J却被视为英雄、奉为领袖，外表温良的日本人，其将来如此？

田中慎弥1972年出生，高中毕业，是正路的纯文学小说家。他自2005年获新潮新人奖出道以来，先后获得川端康成文学奖、三岛由纪夫奖、芥川奖。

田中慎弥出身卑微，懂事前父亲已经亡故，由母亲一手抚养长大。高中毕业后，他从没有工作过，甚至连零工都未曾打过。他独自关在房间里，读书，写小说，用纸和铅笔为人生开路。相关的感受，他都写入了《首相A》。主人公作家T也有类似的身世，里面这样描述母亲的教诲：

"因为妈妈什么都没有教你，你连本垒打也打不了；要是赛跑,你起跑也好,中途跑也好,冲线也好,全都不成;就连跟女孩子搭讪也压根不行。不过,即便不能用语言接近女孩子,用语言创造有趣的东西则无妨。没有女孩子也没关系,发出自己的语言吧。如果说男人们从父亲那里学会了打架,拥有肌肉、武器和铠甲,那你就带上语言,用语言去战斗吧。用语言逃避吧。不妨一边逃避一边继续创作故事……"

在《首相A》里,作家T落难异乡,时刻受人监视,然而几乎每次有机会说话,他就重申自己的要求:我是作家,请给我纸和铅笔!

凭纸和铅笔,作者在日本山雨欲来的2015年,推出了《首相A》,声称要与安倍首相"进行一次交锋"。

勇哉,田中慎弥!敢率先为时代发声!

林青华

九月过半,我下了决心,去拜访久违的母亲。说来是扫墓而已。母亲于约三十年前亡故时,在我一直居住的 S 市的教堂办了丧事。按照母亲的愿望,棺材运回故乡 O 町的教堂下葬。我因为没有父亲,在教堂安排的慈善家关照下,仍旧生活在 S 市,念书到高中毕业。之后到现在,我不但没去过 O 町,还因母亲信的教与众不同而怕惹人白眼,甚至没有向亲戚打听一下坟墓状况。身为时下少有的用铅笔唠唠叨叨写小说的作家,却既不寄信,也没有贺年卡的来往。其间有几次收到讣告,说某位亲戚去世,我也没有出席葬礼,不久就完全断绝了联系。

近来我写小说的材料枯竭了。硬挤出一点自以为有新意的东西,写着写着就泄了气。出版社看不下去,给我一些随笔、非虚构写作的策划案；本来接下就行了，我却断然拒绝，说什么"作家的本事是靠发自内心的完全原创的东西""以赚钱的盘算写不出文学"之类。一番虚张声势，回头再想的结果，就是去给母亲上坟，也许能获得一些启示；即便一无所获，也可描述第一次扫墓的事实，中间夹杂对母亲的回忆。我琢磨，即便不能人人叫好，作为作家显露头角的立足点不也挺充分？

之所以迄今不曾去扫墓，是因为自己不信上帝。然而，作为同样也不信神社、寺庙，却认为新年求神拜佛很自然的日本人的一员，我也就没理由独独拒绝教会。即便不信上帝，信母亲也就没问题了。而且母亲受洗时，胎里的我离上帝未必太远。

把我留在母亲身体里后消失的男人是谁，连母亲也不知道。母亲的父母为女儿前途着想，劝她动手术，但母亲决定生下来。虽然不知道对方是谁，但性交都是跟自己真心喜欢的男人。是女人，就该生下真心喜欢之人的孩子。

肚子一天天大起来，自己却是个未涉世之人，而且无人帮忙，生下来的话，果真能让这孩子幸福吗？母亲的不安和肚子同样膨胀起来。

之所以决定求助于教会，是因为神社的神体不是人，只有些树木、镜子之类;而寺庙的本尊令人害怕:佛像有胡子,却乳房鼓鼓的,搞不清是男是女。教堂则悬挂了怀抱婴儿的女人像。母亲想,也许这个人也是被男人甩了的吧。她看上去如此幸福,应该也和自己一样,真心爱对方。后来知道画中女人的对方并不是人类,母亲很吃惊,想试试有没有可能自己的孩子也跟画中婴儿一样,来自上天之力?她搜肠刮肚地回想:自己是否有过天使告知——像出生于克里特岛的画家画的那样?是否曾做过那样的梦?

想得起来的,全都是清晰可见的人类的男子。她认为,天使之梦,也许下次遇上真心的男子、真心地做爱的话,就能看见了。然而,这样的日子没有到来。死亡比这样的男子更早盯上了母亲。

母亲从港口买回活章鱼,为了除去滑腻,在厨房的水泥池子里给章鱼抹盐,拼命搓洗章鱼表面,因为太用力了,母亲的心脏停止了跳动。那时,我还是一个小学生,与母亲生活了不到十年,那以后再也没体验过关爱、温暖、吃得饱饱的日子。

我小时候爱盯着母亲的脸,听她说话。仿佛声音是从母亲眼睛里冒出来似的。仿佛母亲声音以外的声音,都从世上消失了似的。仿佛她说完了,就会领到热牛奶和又硬又甜的饼干似的。然而,这世上有的,并不只是母亲的声音。母亲知道这样的杂音存在吧——为了只传授自己的声音给儿子,她就一直说,没有牛奶也没有饼干。

……那是理所当然的吧。因为妈妈只是你的母亲。因为妈妈不可能不是你的母亲。除你以外,谁听得见妈妈的声音?因为在妈妈看来,你永远是个小不点,毛手毛脚,才是我亲爱的孩子。因为你只听妈妈的声音。

的确,从各种地方听到各种话语声是挺烦的,不过没关系,因为你能从许多话语声里,分辨出妈妈的声音吧。即便妈妈不在你身边。在不是妈妈的声音中,有很苦很倒霉的人,也有你想象不到的坏人,还有住在这个世界以外的人的声音吧。瞧,就像此刻,尽管满耳都是各种各样的话语声,你会从杂乱的声音里,首先听出妈妈的声音。即便妈妈不在了,只要记得妈妈的声音,妈妈就会在你身边。妈妈不会轻易就从你身边消失的。就算死了,也不会消失。即便身子不动了,变凉了,不见了,也能听见声音。像这样传来妈妈的声音的话,接下来是你自己试着发声。不是嘀咕班上哪个女孩子最好看、某某老师奶子好大那种。因为听见妈妈的声音,你心中也产生了自己的声音。那声音的小宝宝长大起来,能自己走路了,你就从声音制作语言吧。即便声音想脱口而出,你也要忍耐,把声音摁在地面上,直到它变成语言为止。太小、太不显眼也无妨,你要制作好些踏不破、踩不烂的闪光语言。或圆或尖,或可爱或可憎,或顽皮胡闹或亲切贴心,有了具备如此这般种种的语言,这时你就摆弄好它们,试试制作有趣的东西吧。

因为你是男人嘛。妈妈之所以天天晚上读书给你这小不点听,既因为相依为命的孤单,也因为妈妈身为女人,要让你这个男孩成长,唯一方法是读给你听。在你自己能读之前,妈妈要把尽量多的书摆在你心头,就像给饿肚子的孩子吃饭一样。因为妈妈是女人嘛,所以,不能教你怎么本垒打。短跑蹲踞式起跑时手脚怎么放,街上哪儿能抄近道,钓大黑鲷鱼用什么钩下什么饵,怎么放风筝,怎么跟漂亮女孩搭讪,怎么躲着大人抽烟,打架时如何战胜强敌,等等,总而言之,男孩子需要的任一种事情,妈妈都不懂。所以,好歹也得读故事给你听。对于男人来说,故事和本垒打或者漂亮女孩子,几乎同样重要。自古以来,所有男人都喜欢故事,有时还自己进入故事里去。对吧?爱吹牛的男爵。打老鼠没得到赏金、气得拐走孩子们的魔笛手。不听劝打开盖、变成了老头儿的渔民。自诩为英雄、大战风车的骑士。男人呀,在故事里都自以为是。

不过,那个人不一样。教堂悬挂的画中,那位被幸福的母亲抱着的人。你认真地听了那个人出现的故事。让瞎子看得见、瘸子能走路的时候。遭财迷心窍的弟子背叛的时候。在名为"骷髅"的山岗上,与小偷一起被碟死的时候。那时候的你,已经能自己阅读了。念出书上的平假名,若是汉字,就读旁边的注音假名。有时汉字没有注音假名,就自作主张念成某个音,或者不加理会地跳过。

妈妈很高兴。因为你努力读完了那个人的故事,好长。周围的男孩子在母亲讲故事的时候睡着,一醒来就学会了起跑、一门心思打架,而你只是抱着书本。尽管你是男人,却不想成为书中人物,而是关心故事本身,仿佛讨厌自己出生于那个时代似的。

你出生的时代,男人们非常渴望成为故事的主人公。日美在太平洋上的大战过去了二十多年后,在越南又开打了。稍前在朝鲜也干。肯定是因为没有大战了吧。男人们都想一直当主人公,既然错过了朝鲜,这回该是越南了。自我陶醉。自己也要挤进故事里去。自以为是主人公。打仗的男人也好,反对的男人也好,都相信自己像那位上帝之子那样会拯救这个世界。自己就是那个人?是那个人的转世再生？至少是没察觉,那个人好一阵子不会降临了吧。即便在日本,也有人明明从事写故事的工作,但不愿光是动笔头,也想自己成为故事主人公吧。那天他放下工作扎起头巾,一身军服打扮,拿起刀剖开了自己肚子。之后,正是熊猫首次访日那阵子,有几个家伙在特拉维夫机场乱枪扫射。和切腹之人同为写故事的人,连诺贝尔奖都得了,却口衔煤气管死了。一个大胡子美国人在慕尼黑的泳池里拿了七块金牌。要说那年女人干的事,充其量是在札幌的冰面上,一个穿鲜红衣服、叫珍妮特的女孩子摔倒了。最终她没能成为主人公。不是因她没长胡子,而是由于她摔倒了,失去了金牌。

我带着肚子里的你,一起看了正好在那时上映的电影。电影开头是艾尔·帕西诺——哦,用故事里的称呼是柯里昂家的迈克尔,回到纽约,参加妹妹的婚礼。他作为战争英雄——不是越南。电影里说,是之前那场大战的英雄……

不过,出生长大的你,在尽是故事主人公的时代里,却书不离手,仿佛不好意思走到外面的世界。所以我想呢,这孩子不要进入故事里头,就做一个写故事的人吧。做一个把现实发生的事情变成故事的人,做一个把故事写成现实、把现实写成故事的人吧。

来吧,只管写就行。但是,不能中途放弃。一直写一直写,即便发生不得了的事,即便倒了大霉,也要写下去。就因为其他事你什么也干不来。就因为这世界永远只需要想当主人公的男人。很遗憾,你不是主人公。能成为主人公的男人,大都有父亲。情况各异,有些父亲很棒,成了孩子的榜样,有些则相反,很差劲,都不愿意提起,但总之是有父亲的。没有父亲却能够成为主人公的,只有伯利恒出身的那个人。况且算有位做木匠的名义上的父亲嘛。咳,最后那个人受了磔刑。他三天后复活了,但你死一次就完蛋。所以,到死为止,你可尽量别死。

即便如此,你要一直往身体外发出语言。因为妈妈什么都没有教你,你连本垒打也打不了;要是赛跑,你起跑也好,中途跑也好,冲线也好,全都不成;就连跟女孩子搭讪也压根不行。不过,即便不能用语言接近女孩子,用语言创造有趣的东西则无妨。没有女孩子也没关系,发出自己的语言吧。如果说男人们从父亲那里学会了打架,拥有肌肉、武器和铠甲,那你就带上语言,用语言去战斗吧。用语言逃避吧。不妨一边逃避一边继续创作故事……

电车进站的工夫,我醒了。窗外夕阳西下……车站播音听来像是英语,是因为我还没有完全清醒吧。眼睛倒是瞪得大大的。

旧站台上树立的木板,的确标示着 O 的站名。扫墓途中梦见母亲,而且梦中母亲叮嘱我写小说,仿佛确认此行目的似的,醒来时抵达了 O 町,这也实在太巧了,就像在编故事。梦中听见的母亲的声音,是假装母亲的我自己的声音吧,它将要成为我执笔的触手。写母亲,就是我用身体里流动的母亲的血、用母亲的声音说出来,就是我变成母亲。我作为作家写故事,写变成了母亲的、我自己的故事。我一个人做不到,但如果借母亲的声音,也许行。因为要写进小说的,是母亲的事……

等等——O?我再看一次,站台告示板上,只写了一个英文字母"O"。以 O 开头的站名,就一个字母"O"。这是为了方便我记述而写成 O?

我背上装了文具和替换衣物的双肩背囊,走下站台。不清楚这里和母亲下葬时来过的,是否同一个地方。

再次听车站的播音,心想这是怎么回事?

就是英语播音。刚才第一次听时,应该是清晰的,并非没有清醒过来。因为听见的是与之同样的英语,可见自己此刻也完全清醒吧。除日语以外,我读、写、听都不行,但我知道肯定是英语。车站最近为来客着想,也有播送几种语言的。如果是这样,似乎应该先播日语的,但我一直等,都只听见英语。这是怎么回事?

一个高个人影从旁挤过,也许觉得我呆立的模样奇怪吧,他回头瞥了一眼。高鼻梁,茶色头发,蓝色眼睛?不知他是哪国人,但这样的乘客确实需要英语播音——我正想着,发现有更加莫名其妙的事情:从后赶上或从对面来的乘客,无论男女老少,全都长着异于日本人,也不属于其他亚洲人的面孔,是高鼻子彩色眼珠,明显的欧美裔,应称之为盎格鲁-撒克逊面孔。

我当场得出了直截了当的答案:这是一个人数很多的旅游团吧。车站方也因得到旅行社的事先通知,为防止车站混乱,特地播送英语。

不过,请等等——这是团体没错,但是否旅行则未知。说来,大个子、立体脸孔的外来者们都穿着一样的质地厚实的深绿色衣服。虽然不是迷彩服,却是几乎可称之为军服的颜色。是一队驻日美军转移到某处的途中吗?四周被低矮山头环绕的O町,也是演习地点?然而,也有不协调之处:中间有弯了腰的老人,起码他们没列队,互不说话,走来走去。我也胆战心惊地走起来。几道蓝色的视线射过来。

我从兜里拿出车票,要通过自动检票机,又止了步。看不见车票的投票口。看其他乘客,他们是把手中的什么东西往检票机上部的红色发光部分贴一下,然后出站的。我没有那样的通行证件。我心虚地再次确认没有车票投入口,然后尝试着将车票往红光处贴一下,要走出站。不出所料,响起了凄厉的警报声,同时,一道铁门——像城门似的,在眼前落下。周围的乘客一齐望过来。

"Come here."

我循声望去,见检票处旁边的窗口有人探出身来……啊啊,这是怎么回事?那位女站员虽个子不高,也是高鼻梁、蓝眼珠的!而更加奇怪的是,站员穿的衣服也近似绿色军服,和乘客们一模一样。这一事实,一方面无助于找寻解决问题的线索,另一方面也不足以说明事态完全绝望。还有一点,与这费解的一连串军服的事情相呼应,刚才在梦中听见的、母亲的话回响起来。《教父》故事的中心柯里昂家族、父亲维托、第三子迈克尔。这部编年史电影描述了以意大利西西里为根、生存于美国的黑手党。电影以女儿婚宴的场面开始。沐浴着阳光的院子里,聚集来各式人等。也就是说,后面故事展开时少不了的面孔都展示了一下。作为故事开始的方式,可谓绝妙。像母亲说的那样,迈克尔归来——趁着妹妹的婚礼,作为二战的英雄。那叫什么……不明白跟此刻这样的事态有何关系?是因为眼见太多欧美式的面孔,就回想起母亲声音述说的美国旧电影吗?此时此刻没工夫回答自己提出的疑问。我走向窗口的女子,她一直用英语叫我过去。这样的时候,只有依靠关注我的人了,管她是敌是友。她那车站职员式的放恣和警觉的面孔上,一瞬间似乎掠过惊讶的神色,但嘴里还是说着:

"Come here. Come here."

根据车票种类,需要人工检票,而不是自动检票——这样事情就说得通了,我继续走近窗口。女人的惊讶没有消失。恐怕是因为盎格鲁-撒克逊面孔中混入了一个日本人吧。我为自己是日本人而感到惭愧。中韩向我们提出战争责任和领土问题、动摇神的粪尿做成的这个日本时,我们不爽人家说三道四,但说起来,也许自己是有很大责任——我们有充满歉疚的习惯,但不是这种层次的事情,而是孤零零一个日本人存在于这个场合,这本身就惭愧得无地自容的情感抓住了我。

然而,当我在窗口放下车票后要走过去时,站员用稚拙却明确的日语说:"等等、等等!"说得难听点儿,这句日语发音之生硬,根本不像是人嘴里发出来的。不知是因为久违地听见了亲切的日语,还是出于规矩,我停下脚步。这时,小个子站员快捷地打开窗口旁的门,在一个穿同样军服的高个子男同事的陪伴下出现了。我只好硬着头皮去交涉,同时担心语言不通：

"哦,是车票有问题吗？"

"车票,No、No！"

"可是,的确是到这里的票。"

站员摇头,仿佛对日语和车票都感到不满：

"车票,No。哪个部分的？N·P？"

"N·P？"

我正疑惑着,被男站员抓住手腕,关入站员工作区的一个房间里,几乎是被摁在硬木椅子上。站员之间快速交谈的,自然是英语。他们谈完之后,女的给某个地方打电话,语速飞快地结束交谈后,从桌子抽屉里取出一个类似黑色钢笔的东西,"咔"地按了一侧的键。看来是打开开关。女子对着钢笔说了些英语,又"咔"地按一下。于是,钢笔传出机械性的日语：

"要把你引渡给军队。负责人说马上就过来。"

是袖珍自动翻译机！以下对话,是在我跟代替译员的这个机器之间进行的。

"军队？是美军吗？"

"肯定是日本军。"

"我不明白你的意思。自卫队不是军队。趁这机会我问一下：这个镇子究竟怎么回事？面孔都是欧美裔的，还穿着一样的衣服。是盎格鲁人士多的地区吗？可一个日本人都没有，也……"

"不好意思。我们是货真价实的日本人。你是从外头傻乎乎闯进来的异物。这种情况也不时发生。也难怪，你一无所知嘛。你不是日本人。"

"莫名其妙。如果说你们有日本国籍，那也无所谓。可说我不是日本人，真是岂有此理。"

我对身为日本人感到歉疚，却对站员语气强硬起来了。有点儿到喊叫的地步了。女子向我走近一步，说道：

"那我再问你一次：你有带N·P吗？"

"我正要问，这N·P是什么？"

"National Pass。我们日本不存在车票，把N·P往自动统计器碰一下就行。你有吗？"

我想起了，其他乘客是拿什么贴了一下的。这类似我面对稿纸写不出下一行、干着急的状态，我不知说什么好。女子对我说：

"不存在没有 N·P 的日本人。外部世界的车票没有任何效力。"

我无从回击。这是我的毛病,我烦透了。当发生为难的事、不明不白的事时,我既非慌乱,又不是想对策,首先就是烦透了。女子看着我踱步,不时与高个子同事说说话,想起什么就通过翻译机说,诸如"老实待着""别打主意想溜"之类。我烦透了,不可能有什么好心情。

外头有动静,女子从窗口往外窥探一下,慌忙跑到门口,使劲调整一下呼吸,轻轻打开门,以斜伸上臂的姿势迎接。

进来的是两个男人,做了相同的致意动作。一个还年轻,挺胖。另一个戴着沉甸甸的银边眼镜,年过五十的样子。他们长什么样子、穿什么衣服、说什么语言,恐怕不用解释了。这两个人和站员一样,用惊讶的目光看我。新面孔出现,让我脑子更加混乱。穿军服者小声交谈着。即便他们大声说,我也不明白意思。负责检票的那个女子,明知道两个后来者对自己并不在乎,仍挤出一脸假笑。

在稍后年约五十的男子用翻译机对我说话前的几分钟里,我像个小孩子似的,一会儿认准了刚醒过来的自己是尚未醒来,一切应是在梦中;随即完全推翻"身在梦中"之说,心想还是思考对策以应付这个现实为宜；又自责是个百无一用的人、废物作家，自暴自弃尽量求得安心。我还是想起了母亲的声音、关于母亲的记忆、在梦中听见的母亲的话——摆弄语言、创作有趣的东西。之后，不知何故总有《教父》。电影里面也有语言啊。——在什么地方？此刻梦境般鲜明地浮现的是科波拉拍摄的哪个场面？是在某人熟睡的床头精心放置一个砍下来的马头，或是谋划在圣诞节祥和的水果店前刺杀一家之长堂·维托·柯里昂？这是在故事的哪个情节，有什么语言？堂该有不沟通、挨枪子的理由吧？对，那里是有话说的。扮演堂·维托·柯里昂的是马龙·白兰度。偷窥的天才、小抄的忠实之徒！这位大牌演员不记台词，在镜头拍不到的地方贴上贴纸，读上面的台词。本来非塞进脑子里不可的语言、语言、语言，几乎小抄都容纳不了……所以才让他去买圣诞节橙子、挨枪子的？马龙的罪过要堂——即演员的淘气要黑手党的堂来背？是同一人物啊！神为何把现实和虚构混为一谈？就那么讨厌用演员——小心翼翼读台词的演员——买来的水果装饰自己的祭坛吗？神要为这么点事情抛弃信徒吗？母亲和她腹中的、不知父亲是谁的我一起看了这样的电影，因此让神生了气，因区区章鱼的滑腻便死掉了吗……不对，是母亲所说的那样:艾尔·帕西诺扮演的迈克尔归来。什么事情像"所说的那样"?"所说的那样"的事情,此刻在眼前发生了?如此奇异的过程,科波拉也好,帕西诺也好,母亲也好,都没有预言到吧……

然而,白兰度读出的、帕西诺说出的语言,并不是写在小抄上,而是出自有几根髭须的五十岁男子之口,此刻几乎都通过已甚觉可亲的钢笔型翻译机发出声音。

"我们是日本军。你非法侵入我国,我们要拘留你,带往部队驻地。你明白吗?"

"……"

"喂,问你'明白吗',你就乖乖回答'明白了',知道吗?"

"你这人说话好奇怪。问'明白吗'就回答'明白了',这说不通嘛。我要是回答'不明白',会怎么样?"

男子一扬下巴,年轻、壮实的家伙就把原来放在身后的胳膊拿到身前。他手中握着只能让人联想到古代雄马的性器在地层中变得硬邦邦的黑亮棍子。

"这回该懂了吧?即便你很难接受要被带走的事实,好歹明白我优秀的部下将履行职责吧?好了,你不是日本人,没有选择余地。"

翻译机声音一结束,男子轻轻一挥手。壮男和男站员靠近我,在我面前成了一道墙壁。我被提起来,押到外面。我想试试活动手脚,但押送的手绝对比人数还多几只,我全身像彻底服软一样完全动不了。所以我谨守母亲的叮嘱(你要一直向身体外发出语言)。

"请放开我!我做了什么?我只是来给母亲扫墓。把经过写在小说里……"

我已经被搁在车上了。男人们从墙壁变化为铁和玻璃车身。只能是这样!

因为前往驻地的道路已被夜色笼罩,弄不清究竟奔驰在哪里。路灯数量也极少。我想起日本城市的夜晚,这里恐怕相当于减去八成的灯火吧。不仅是路灯,连建筑物的灯光,也只亮着屈指可数的数量。我仍向两侧按紧我的二人发问:"我想去扫墓,教堂在哪里?"但上年纪的眼镜佬也好,年轻的胖子也好,已经不理我、不去取出翻译机,只顾用英语聊天。驾驶席上没有驾驶员。像方向盘的东西自己动着。也许只是看起来没人,实际上有。也许人存在,却看不到,太不靠谱了。

我很寂寞。简直就像一直都认识,却不让我加入聊天的感觉。我一味地羡慕二人使用我理解不了的语言谈得正欢。因为有刚才的翻译机,所以今后自己说的日语应不至于理解不了。即便如此,我还是难免感觉到,自己的存在和日语被压制在一个角落里,喘不过气来。

在这里犯了严重的错误。虽没有抛弃也许仍在梦里的可能性,而恍惚间变得想前往真正的梦中世界,闭上眼睛要入睡了。照这方式,就是自己接受了进行中的情况绝对不是梦。可是累了,厌了到站之后的一连串事情。既然逃不掉,好歹只让意识逃往另一个世界吧?也许到了逃亡地又能听见母亲的声音……

然而盘算错了。这回是来了士兵们以外的、别的打扰。我被摁在座位上,拼命紧闭眼睛,耳朵听见了与之前不同腔调的对话——男人们慌慌张张的对话。猛然间有其他车子驶近的声音,开始和本车并驾齐驱。一再迫近至近旁又稍离开,然后从完全不同的方向压迫过来,车头灯也随之跳动着。驾驶员设法甩开对方,但因为没有身体,很不可靠。不时有对面车道的车子吃惊地避开我们。我想伸长脖子看清楚一点,但被眼镜男按住;他打开一点点玻璃窗,对外面吼了几句。对方回以数声笑声。我确实听见了——

"别放弃。我们一定会救你。我们是日本人。"

千真万确是日语。不是那种出自钢笔型翻译机的无懈可击的声音,而是断断续续、抓到一点儿就飘散于风中的、不稳定的日语——不知是谁所说、可感受确切意思、清晰却抓不住真面目、以为捕捉住时已不知所踪的日语——可感受耳朵听见的瞬间和似曾相识的记忆几乎一模一样、自古以来一点点改变形式顽强生存下来的日语——时而变成声音、时而是纸上的文字、只在每一个人脑子里闪烁、任何人甚至是本人都不知晓的日语——小而灵得可收藏于任何地方、虽自身无特别价值却一直被使用着的日语——是我母亲的拥有物之一、我仅次于生命和身体之外继承自母亲的东西、虽不能换钱却是我唯一随身携带的生意工具的——日语。

仅此就听不见了,这时车子也真的离开了。眼镜男一边用车内通话机与某处交涉着,一边对胖部下喊叫着某件事情。车速加快。我感到不安,担心自己的身体和身体里存下的日语被车子抖落掉。但是也开始想一个念头:想要躲过今天这奇妙的一天,干脆自己打开门跳下去也无妨。

车子跟提速时一样,一下子急停,我撞在前面的座椅上,体内的日语因冲击力呈崩溃状态,与呻吟的身体一起被拖出,变成了"我要给母亲扫墓、我想写小说"的声音。但谁也不理会,声音消散于黑暗之中。等候着的新的士兵们拉起我——我已变成了故障录音机,一味重复"扫墓、小说"的声音——移动到某个地方,就此变成了绿色的墙壁。墙壁们说着英语,叹息、嬉笑后是沉默。我被关进了一个并非军服延长的房间,里面除了床和便器别无一物。跟前的门,比墙壁更坚固地限定了空间。我嘟哝道:"没关系,也许是个梦吧。"回音很大。明白没作用,就像自己都不相信的咒语。不是光说,要写写看。之前不是有过好几次经验吗?下一行总出不来,想尝试发出声音又不成,最终只有默默地用铅笔在笔记本上推进。

到了这时候我才察觉——当然是这次骚动开始时就很清楚的——想写成文字是不坏,但我至关重要的背囊——装有笔记本、铅笔、写了下一个作品构想的记录以及 O 町的放大地图等等的背囊被拿走了!

失去了从笔尖流出的文章和自己的语言——唯一语言的日语,坐在昏暗房间的硬板床上,随后因疲惫而躺下。睡意如同一头大公牛,虽动作迟缓,却步步走近,践踏了我。

"请你……请你……"

"请你"——干什么嘛。要说非做不可的事情,就是写小说了;那可不是由某人"请你……"地温言劝告的事情——对了,是温声细语,在一声声"请你""请你"的中间。

这回喊声就在身边:

"请你起来,请你起来……没错,睁开眼睛了。"

虽有点用力过猛,但是是日语。是日本人的发音,而不是翻译机。所以,可能一开头感觉是温声细语了。我仰望着有一头黑发的绝对东亚的女人的脸。眼睛睁开了,还仰躺在床上。女人穿绿色衣服。意识清晰起来,成功地把昨日之事,与这女子穿的衣服联系起来了,心中感到失望。

女人身后走出两名男子,一人金发,一人褐色头发。他们揪住我的手臂,不是拉我起来,而是一家伙把我拖起来。用力之猛,我几乎脚底离地。女子用流利的日语说道:

"要转到另一个房间,你做好准备。"

"你说做准备,可也……"

"这样也行的话,那就马上——"

我慌了,老实说出早上醒来后之急务。女子对男人们说了几句英语,三人离开去了走廊。几乎就在我于便器完成任务的同时,恐怕他们是在门上的小窗口观察情况吧,我拉链还没拉到头,两侧已经站着人。我又被扭起胳膊,下个瞬间,就被架起来走路,只能看见女子的后背。在走廊尽头一拐,人来人往。不知是根据什么标准,迎面走过的人有些先斜伸胳膊,对女子行昨天站员们那种礼,有些则是女子先抬臂致意。总之对方都是欧美裔,日裔人种唯此女子一人。两侧似乎是好些相连的房子,但揪我胳膊的男人们如同一堵墙,看不清。说来我也弄不清这两人昨晚是否押送过我,唯有像一堵墙是一样的。

女子突然边走边猛转头向窗外,与此同时听见了车子的声响。是那辆在风中说日语的车。我想转向窗口,但身体被扭过去,不得不改变了方向,动弹不得。与其说是房间,毋宁说是做了摆设的一个角落。有桌椅,人或站或坐,但所有人都那样跟女子打招呼,留意到我时,就会跟同事窃窃私语,深有感触似的大摇其头。想来,自昨天的站员起,迄今在这O町看见我面孔的人,大致上都是这种目光。

我被安置在细腿的木椅子上,面前的桌面上放了小孩子拳头大的小面包和牛奶。原本跟男人们用英语说话的女子,有点不耐烦地说:

"赶紧吃。吃完了就开始。"

她还没到三十吧?脸颊圆圆的,目光也不凌厉。身上军服有别于男性,下面是裙子,整体上感觉不太难接近。直觉告诉我,要逃出这种莫名其妙的状况,转机只在她身上。

面包干干的,牛奶温热可口。因为一吃完就撤下了碟子和杯子,感觉他们会顺便把我拎走吧,不禁摆好了姿势,但却没有。反而感觉自己像是派不上用场之物,被扣下了,差一点笑起来。这当然不是笑的场合,所以强忍着闭嘴,但好像为时已晚。站在桌子旁的女子说道:

"有什么奇怪的事情吗?"

"嗯?哦,没有,刚才只是自己笑自己——"

"自己笑自己?你觉得我跟你之间,对这种自虐性的笑会有共识吗?贬低自己的思维,是旧日本人特有的无益的东西。"

"感觉您是会日语的,所以我想问一下,很不好意思是个愚蠢的问题:这里究竟是哪里呢?怎么会是这样子呢?——还有,刚才您说的'旧日本人',是怎么回事?"

她应该明白我的话,但却充耳不闻似的,在桌子对面的椅子坐下来,翻弄着手上页子已发黄的文件夹,读着什么东西;但她突然变成一副凝神静听的神色。我以为又是车子,但远处传来汽笛声,感觉到整层楼吵吵嚷嚷,同时紧张起来。这种气氛持续一阵子后,女子与不离左右的男人们确认过什么,仿佛汽笛声后预定要发生的事没有发生,于是继续眼前的工作。她转向我,从兜里取出一个香烟盒大小的金属物件放在桌面。看来是录音机。与此同时,男人们也各自取出自己的翻译机。

"确认一下:你说,你不知道这里是哪里,也不明白为何变成了这样,对吧?"

"是的。一点不错。希望您能帮帮我。"

"我说了是确认,没打算听你的意愿。名字呢?"

"T。"

"何时察觉变成了这样的状况?"

"求求您告诉我:这究竟是怎么回事?您会说日语。似乎跟我同样是日本人——"

"别说了。你有两点错了:一是对我提出问题;另一点,说我跟你同样是日本人。"

"我说错了吗?"

"现在,我是日本人,而你是旧日本人。"

她是说——旧、日本人。

"回到我的问题:什么时候察觉的?"

"应该是昨天,在电车里吧。"

"你睡着了吗?"

"是的,在电车上睡着了。"

女子"不出所料"地点点头,快速地拿起旁边的记录,做一个深呼吸,用指头敲着变了色的文件夹,说道:

"对于迷路从外部进来的旧日本人,我们会告知我国的建立和现状,以及我国与旧日本的关系。这是用于说明的手册,可以稍后复印给你,不过因为有很细致的部分,也有许多旧日本人很难接受的地方,所以我用你听得懂的旧日语口头解释。之后你可以提问,会一定程度受理。"

我忍耐不住,说:

"哎——"

"有什么问题?"

"您是亚裔,或者说大概跟我一样是日本人——"

"之后再提问,一定程度受理。为了回答你的问题,我也得往下说了。或者到此为止?"

"那就不好办了。太难办了。因为仅仅现在这样已经很难理解,可看样子还要难。我是个作家,写文章的人呢,有个刨根问底的毛病——"

女子又一晃头发:

"我对你的毛病没有兴趣。"

女子对我说明的、日本现在的情况大致如下(我写了"对我说明",但若相信女子说的话,迄今迷路进入这个奇妙的日本的日本人——即她所说的"旧日本人"——都听

过这说明吧。顺便提一下,以下叙述中也使用"旧日本"一词,但纯粹是为了方便,绝非因为接受了我自己是旧日本人):

首先,现状。日本列岛,即日本国,由被称之为盎格鲁-撒克逊或者欧美人,亦即现在的日本人统治(再者,在美国或者欧洲各国,迄今的人种构成没有变化)。曾居住于日本的黄色人种被当作旧日本人(日本语为旧日本语)。现在的日本是完全民主的国家,国民与国家的关系非常积极;不管是国会还是地方,选举投票率常常接近百分之百。自现在的日本成立以来,执政党一直被委以政权,几乎所有票都投给了执政党。本次的侵入者(即指我)自称是作家,而在日本这样极成熟、极完善的民主国家,像作家这样的艺术家,无国家许可不得进行表演活动,甚至可以说,不需要他们。在如此高度的民主国家,与国家不相关的表演等,就是反民主主义的活动,别无其他。国内所有的艺术家要向国家登记,每一作品都要经国家的艺术审议委员会批准。讽刺国家、被判断为与民主主义为敌的东西不予发表。就这样,日本以民主的手法,切实地杜绝了成为民主主义障碍的重要因素。我国自建国以来,与美国携手,与某些企图破坏和平的国家处于战争状态。为此,国民为表明坚守民主主义的决心,穿着模拟战斗服的深绿色制服。在国内,不想穿这种衣服的人,不外乎企图否定民主主义的人和旧日本人而已。另外,政治体制是由日本人(盎格鲁-撒克逊)所构成,但首相从旧日本人中选择头脑、人格以及对民主国家日本的忠诚度都非常优异的人担任。这种做法是为了封锁被夺取了主权的旧日本人(无选举权),从现在的日本国成立之时即采用此方法,沿袭至今。日本人的数目未达旧日本人实际的三分之一,从防止叛乱的需要考虑,让黑头发者任首相。经常有意见认为,该是时候检讨这种做法了。在已落实"盎格鲁-撒克逊才是真正的日本人"的认识的今天,诞生金发日本首相的日子,恐怕已经为时不远。

日本国民在出生的同时,由国家无一遗漏地发放 National Pass(N·P)。所有国民都有义务随身携带 N·P。它上面载有 National Number(N·N)。N·N 是分配给每一位国民的、固定的数字,理所当然地,同一个号码不可能由另一人获得。每位国民的号码也恰如其人的个性,各不相同。N·N 绝非为了监视、管理国民而设,它与各人的立场、环境、职业、认识水平相应,便于现实生活,亦即无限接近于本人人格。凭一张 N·P,可以搭乘交通工具、购物、看病、出国、迁移住所、支付费用,以及选举投票等等,可以做任何事情。因此,纸币和硬币正从日本消失。如果没有N·P,生活将产生不便,更甚者,不被视为日本国民,其本人的存在本身,在日本国内就事实上消失了。若判明丢失了N·P,要彻查是否仅是不慎丢失。该人将被怀疑,身在作为国民有义务携带N·P的国度里而没有N·P,是否有破坏民主主义的意图?

因此,失去了N·P,就不能说是日本人了。旧日本人,顾名思义,就是旧时的日本人,不是现在正统的日本人,所以不允许持有N·P。在日本的旧日本人可分为两类:一类曾是这片国土上的日本人的后代,另一类是不知何故突然由别处迷路进入的人。前者称为原居者,后者称为侵入者。侵入者的实际情况如何,往往不得而知。大体上是作为列车乘客来的,此外也有徒步来到的。极个别的例子,是曾有人驾小型飞机紧急降落。每一个侵入者,都声称到昨日为止生活在另一个日本,一下子接受不了现在日本的情况。关于这类奇特的旧日本人,有人强烈主张,他们可能是要从外部推翻和平和民主主义的别国的间谍。

作为同等的旧日本人,原居者和侵入者都生活在政府设定的居住区,不允许过外围日本人社会的生活。虽认可他们前往日本人地区,但因为不持有N·P,行动范围受到限制。购物时,当然使用在日本几乎已经看不到的纸币和硬币。为此,在一般的日本人社会,现金作为旧时代的象征,很被蔑视。从结果来看,旧日本人与日本人的接触受到限制,所以在设定的居住区里,建立了旧日本独自的团体。有获得日本政府许可的学校、市场、医院。即便不与外面接触,也暂且能生活了。但是,例如对于学校,政府不支付补助金。因此,各种设施已很老化。市场上出售的商品,是居住区内的土地、工厂生产的质量不高的东西,其余都是日本人社会的过气产品、次等品。因此,生活困顿于恶劣的条件之中。

狭隘地固守民族的陋习。即便质量不佳,也要吃寿司、天妇罗,喝绿茶、烫热的酒。在电影院看小津和黑泽。小规模地按习俗庆贺新年。那一套活动、集会,较多使用教堂。对此有必要加以说明。在现在的日本人社会,信仰受到严格限制。因为民主主义已经完成,国家繁荣、国民幸福,如果还寻求国家以外的、不能眼见的心理依靠,则是有意挑战眼见为实、幸福的民主主义社会。其中尤其以基督教被严格取缔。考虑到同盟国美国现在仍保持基督信仰的立场,禁止从前生活于欧美的、现在的日本人的祖先相信的神,这项政策确实微妙,但因为民主国家本身带给国民最高的幸福,所以国民应只信仰国家。出于这样的思考,日本人抛弃了祖祖辈辈的信仰。反过来,从旧日本人角度看,基督教就是其对抗现在日本的为数不多的手段之一。在居住区里,信仰零零星星地被继承下来。若完全剥夺旧日本人的信仰,不知会发生什么事情,日本政府因此视而不见。另外,对旧日本人也规定了穿制服的义务,但无人穿着。这一点政府没有明确指出,从旧日本人的寒酸穿着,就证明了他们是旧民族,是明确区别于日本人的一个手段。不过,旧日本人在很久之前的一个事件以前,也是穿制服的⋯⋯

居住区里看似铁板一块的旧日本人社会,其内部也存在差异和偏见。原居者瞧不起侵入者的苗头,虽不严重却存在。他们认为,自己才是生活在这片土地的民族的子孙,跟你们坐车迷路混进来的无根者不一样。极个别地发生过冲突——应该说是原居者对侵入者的虐待。对旧日本人之间的争执,政府基本上取作壁上观的态度,若到会影响日本社会的地步,也会出动军队。妨碍民主化日本的,都是正义和民主主义的敌人,为排除这样的敌人而运用的武器和打击力量,正是民主主义的基础。若对孩子们进行调查,问及将来希望从事的工作,从军常常居于首位。第二位及以下依次是警察、艺术审议委员、信仰和思想审查官等等。毫无疑问都是维持民主主义国家的治安方面不可或缺的职业。

这么一个完全民主主义国家的日本里头的旧日本人,尤其是突如其来的侵入者们,无意中瞎闯进来,简直就是倒时差的状态,啥也不明白。

为什么会这样?为什么自己从昨天前生活的日本,跑到这边的日本来了?侵入者们相信,自己从另一个日本被莫名其妙遭送到这个日本来了。他们迫切的"为什么",肯定包含着另一个问题。和平而经济繁荣的日本,为什么变成了这样的国家?对此,现在的日本人社会准备了极认真的回答。

旧日本曾进行过战争。在战败的同时,旧日本社会被清除干净,诞生了现在的日本国。而在建国初期,出现了一个名叫"J"的反叛者——时至今日仍在旧日本人中间流传。他引发了事件,消失了……

"细说的话没完没了,大概就是这样。有什么问题吗?我倒觉得,给不了你希望的答案吧。"

"……的确有很不好的预感。虽然不是我希望的回答,但也应该是能想象到的结果吧。您最后提到过战争,这是指哪一场战争呢?"

"战争就是战争,如此而已。"

"战争也有各种各样的。您可以告诉我是哪个时代的战争吗?"

"你问得还挺费事嘛。战争没有这个战争、那个战争,因为我国继承了旧日本发动的全部战争,并结束了战争。"

"我想不至于吧——所谓的太平洋战争……没有吗?"

"有又如何?"

"那场战争之后,日本被美国占领,然后从中摆脱出来,作为独立国家复活了,对吧?又变成现在这样子,完全解释不通。"

"就是说,你在讲历史嘛。过去发生的事实不可改变,侵入者们肯定都这样主张。可是呢,侵入者们前一天为止在哪里、如何生活,跟我们没有关系。而且,对过去发生的事情,你那么在乎也没用吧?因为实际上,我国现在仍在全世界打仗。"

"你刚才话里也说到的,嗯,现在进行中的战争——"

"对我们来说,这才是现实的战争。世界上并不都是像我国这样确立了正义和民主主义的国家。所以,在美国主导之下,在其他盟国的协助下,发扬战争主义的世界和平主义的精神,针对凶残的反民主主义国家,正在进行和平的民主主义的战争。这场战争将确立我们日本的独立,和国民对国家的忠诚。"

"胡来。"

"没有不是胡来的战争。其他问题呢?我希望这就是最后一个。"

我得问,她是否可以把装了我工作用具的背囊还给我。也想知道之后自己会怎么样。然而,我却甩出一堆问题——虽说这么做出乎意料,但当初一见她,我就想到了这些基本疑问。

"如果我错了,我向您道歉——您看起来,按照这里的称呼,是'旧日本人',对吧?可您为什么能穿那种衣服、在军队里工作呢?"

"我是取得了日本国籍的日本人。即便是旧日本人,如果抛弃了错误的民族主义,表明对我国的忠诚和贡献并付诸行动,也可获得日本国籍。这样的人,数量还不算多,但正慢慢增加。这样成为新的日本国民的旧日本人,在居住区里被咒骂为叛变者,抛弃了民族尊严。只能说他们是低文明的人种。"

女子波澜不惊地说完。制服的金扣子在闪亮。说来也许奇怪,我此时想的,却是异想天开的事:我迄今还没跟像她这样眉目清秀的美女交往过呢。跟本垒打的打法和蹲踞式起跑的方法一样,母亲也没教我向女孩子搭讪的方法。所以我通常的手法,是动口不如动手——准确地说,就是推倒。推倒的人数虽然不少,容貌却完全不达标。所以,这次也想当场推倒,但忍住了。

然后,却开始回想起在列车上梦见母亲说的话。说的不是这位黑头发女子,是从女人或其他的,即日本人穿的制服引起的联想。母亲嘱咐的话里,即假装母亲声音、要变成执笔触手的、我自己的声音的某个地方里,隐藏了某种制服,是各不相同的几件衣服……我想寻找应该在某个地方的制服,却想起了曾经读过的很长的小说。想起了小说,却想不起是谁写的、哪部长篇。我发现这样子是完全想不起来的吧……

"释放。"

对方这样一说,我变得不安。在男士兵们的催促下,我站起来,走出走廊。在看见大门口的地方,我停住了脚步。怎么说我也不会讨厌被释放——

"可以把行李还给我吗?"

女子目光转向通向驻地前的路,说道:

"你作为旧日本人,必须迁移到居住区。"

"如果不能再提问题,我有一个要求:请归还随身物品。"

"既然知道了你是作家,你的要求被驳回。"

"什么意思?"

"像说明过的那样,我国的艺术活动采取极民主的登记制度,但限于日本人。旧日本人不允许。"

"我完全没想违抗你们。我这个样子不可能的。我只是个作家。只是要给这镇上的母亲的坟墓扫墓,写成小说。我需要纸和笔。我只是想……写小说。"

"不明白所谓'只是想写'是什么意思。艺术表现须有相应的理由。艺术家们只有通过有助于完全民主国家的我国,才能提高自己的艺术性。目前这片驻地的建筑物,也是从众多建筑师的要求中,通过审议委员判定,民主地认可,交由获选者完成。"

女子手指在空中画个半圆显示的建筑物,其大门部分的房檐成了四方形的黑暗处,在空中占了一块。向外伸出的角上,斜切的圆筒挂着一个监视来访者的摄像头。

突然,响起了昨晚那辆发出日语的车子的声音。道路上卷起尘埃,迫近过来。

"原本要把你移送至居住区的。我们估计了释放扣留的侵入者的时间,过来提走你。不过感觉你有点特殊,有别于其他侵入者。"

"啊?"

飞驰而来的沙尘在大门口变成一辆门瘪窗破的小车,停了下来。我被某人的手拉扯、按压在后排一个挤得难受的位置,听见女子说声"后会有期吧",车子又变回沙尘,运走我的躯体。我抱着何时才能写小说的单纯疑问,想着寻找母亲话里的制服。当然,也很烦。

沙尘跑起来后过了十五分钟吧。驾驶席上坐着一个目光锐利的小伙子,充其量也就二十岁。他扯下遮住下半张脸的、又皱又脏的口罩,用清晰的日语说:

"别担心,带你去我们日本人的居住区。"是昨晚说"一定会救你"的声音。之后既没有明显变化,也没有别的话,车子继续开。男子显然对我的脸感觉到脸以外的什么东西,好像要看出些什么,好几次看后视镜。是站员和士兵那种惊讶的目光。

沙尘形成的窗子上,有昨天被带去驻地时没看见的市街。大楼几乎没有宽度,像巨大的水银柱一样,直往上蹿。高度各不一样,各自独立,但市街整体看起来是一个巨型建筑的骨架。给人一种建筑尚未完工的印象。仿佛这项空漠静止、永远休憩、数千年后再重启的工程，才是市街、国家……

想象无穷尽地伸展，却仿佛已到头了——似可想象的这番光景，刺激了我的记忆，我努力要回想起来。脑子里呈现出几条路径，从结论来说，刚才记忆里几乎出现的长篇小说——卡夫卡的《城堡》便现身了。为何这时候出现卡夫卡，而且是《城堡》？记忆这回事，的确不明白其复苏方式，但因为眼见巨型建筑便联想到《城堡》，这里头似乎有些名堂。那，是什么名堂？是单纯大建筑物以外的什么吗？主人公被召往城堡，连所为何事也不明了，一直等待也没能进入，连里头城堡主人什么样也不知道。不明不白的人走出来，聊聊没多大意思的事情——情节大致如此。不是给人留下很深印象的小说。

在底下支撑细长大楼的道路装修得金碧辉煌。这么说来，似乎沙尘是从这车子自身无穷尽地冒出来的。能在车上待到何时呢？在大楼底下来来往往的，全是穿制服的人。看来这里是所谓纯粹日本人的地区。也许看出了这边是旧日本人的车子吧，有斜着眼不屑一顾的人，也有激动地喷吐英语的学生。不过，认为是学生，也许是制服的原因吧。还有些硬物飞过来——街边没有石头,却只能想象为石头,当然可以是石头以外的某种东西,不仅打中了车身,而且从车窗飞了进来,但从另一面的窗口飞出去了,最终不能确认是什么。日本人生活区域说是不禁止旧日本人进入,但两者的隔阂看来如此之大。

不是制服吧?看着走近又远离的人们,我想到了——为何是《城堡》。不仅是大楼和城堡的共同点。在"城堡"里面,在仿佛真相不明的、似乎从没许可任何人进入的城堡里面,似乎有制服。与梦中母亲的话隐藏着制服一样——叫作巴纳巴斯的男子。梦中母亲的?不对,是卡夫卡的《城堡》的。然而不是主人公,是作为配角登场、只期待城堡会提供官员的制服……那母亲话中的制服究竟在哪里……为什么是制服?为什么自己和自己的意识里如此充塞着制服呢?不对,不是制服,此刻的我究竟怎么了……

觉得路变得很窄,但好像是桥。在窗外,沙尘对面是宽阔的水面。看似蓄水池,微微荡漾。对着可说灰绿或蓝色的河水,我放松下来,小心翼翼挨近玻璃破了的车窗,看得入神。自昨天在电车上醒来到现在这段时间,这是我所见光景中最正常的。是否属于"旧日本"不知道,唯有这水,肯定单纯就是河里的水。再怎么莫名其妙的日本,水也不会从下游流向上游。这河里最大的家伙,是鲤鱼还是鲇鱼?跟遥远从前一成不变的普通日本,不是很久而是昨天早上为止自己所在的、没有旧不旧、和水从上往下流一样平凡的、无人不知的、说不出特征的、半途而废的、奸猾的、蛮干又安全的、聪明无限的、以世界著名的日元武器巧妙雕琢日本列岛的日本,只在那种日本美丽清澈的河水里游动的——是同样的鱼吗?

过了桥,沿树林边的路行驶没多久,视野再次打开。四周排列着圆圆的建筑物,是用剥露的石材或水泥混凝土制作的,状如战时的堡垒。车子变成一块大沙尘疙瘩,停了下来。男子快速地从驾驶席下来,从外打开我旁边的车门,俯下身子。他的动作有力而慌张,包含一点恐惧和恭敬。他锐利的目光盯着我要落地的脚,在我的鞋底触及地面的瞬间,他的头再低一下,然后走在前引路。

"啊,我该怎么做?"

男子止步回头,手掌伸向侧着头的方向,催促我起步。我虽然怀疑他能理解多少日语,但还是跟他走,这是因为在建筑物出入口和树荫下,有好几道居民的视线盯着这边。男子和我一迈步,他们从各自待着的地方走出来,一起向前走。没人穿那种绿色的制服。可说起来,这里居民的不自由,似较一身制服的益格鲁-撒克逊们更甚。"居住区"这个称呼旁证了里面的苦闷。

道路没铺设好,狭窄弯曲,错综复杂。在这条宽度勉强能叫"大路"的路上,沙尘疙瘩模仿着汽车或者自行车行驶。住宅也好,店铺模样的也好,建筑物外形除了圆圆的,就尽是单纯的四方形、圆筒形,多是无色的石头建筑。感觉不到人类居住、生活、使用以外目的的城市,为何如此沉重郁闷呢?虽然有人的踪影,却感觉不到人,而感觉不到的人慢慢追着男子和我。传来了某种工厂机械开动的响声。一种新鲜的腐臭直刺鼻孔。

人们渐渐缩短了距离。他们来到近旁,饶有兴味地打量着。带路的男子目光更加严厉,想要驱赶他们;我注意到的时候,周围已经排成了一条队。所谓的"侵入者"是这么稀罕吗?那么说,这里几乎都是原居者了?我紧走几步挨近引路男子,问道:

"这里,是居住区吧?"

"是居住区。"

"在军队听说,旧日本人之间,有原居者和侵入者。"

男子停住脚步,转向我,锐利的目光带着困惑,说道:

"请不要使用那些家伙的语言。什么旧日、原居、侵入,"他又迈开步子,"是那个伪日本政府放任使用的歧视说法。"

"跟着来的人,对外来的我挺好奇的嘛。这样的话,怎么说呢,感觉祖祖辈辈在这里生活的人与中途进来的人之间,存在着界限吧。我究竟会怎么样呢?"

"居民不总是这样的,是因为你。你的脸很像我们熟知的人,甚至说,只能认为是同一个人……"

男子打开一所房子的门。它也是石造的,也许是走近了,觉得它稍微大一些。孱弱的灯光照射着房间内。聚集的人看过来,一声叹息,议论纷纷起来。中间通道两旁,摆着长方形桌椅。我们进入的,恰好是在这个空间前方、讲坛一侧的小门。在座无虚席的人们后边,一扇略大的门上方,有管风琴管的光。墙边也站着人,用日语说着。所有目光都望过来,好奇之下,是满心的恐惧。射中我再散开的视线相互碰撞,进一步与窃窃私语交缠,在空中泛起波澜。几乎所有视线,都一再地拿我的脸与讲坛后斜上方处做比较。目光锐利的男子指指后面斜上方,在我耳边说:

"请你别吃惊。把这当命运接受吧。"

那里悬挂着长宽达三米的巨幅肖像画。一开始,我不能判断是怎么回事。眼前有什么?因为比昨天以来的奇妙体验本身清楚许多,是很惊讶,但由于全身僵硬且失语,没呈现在吃惊的脸上吧。也许是羞耻,而不是惊讶吧。肖像画无疑画的就是我。

暗金色的画框中,背景是黎明时分掺有桃红的灰色天空,浮现出一副男子的面孔。头发略长,后垂;突起的浓眉;平白无故却显得惊慌失措的双眼;朝天的鼻孔;不满似的紧闭、两端凹下的嘴;作为造脸的剩余部分、鼓起极有限的下颚……除了巨幅和画作这两点,跟我的脸几乎一模一样了——干脆说,就一模一样。一瞬间,我几乎要在记忆中寻找,我是否请人画过以朝霞为背景的画了。目光锐利的男子眼神更亮,说道:

"这是我们日本人最大的英雄J的肖像。"

"这个名字,我在驻地听说了。很久以前反抗国家……"

"那不过是冒牌货们的自作主张。我刚才说过的,请你不要当真接受那些家伙的捏造。"

"请等一下。我是一下子被丢到这个不明不白的日本,被带往军队设施去的。这回还被带来这里,被说成跟历史上的英雄相像。这如何是好?我只是想给母亲扫墓、写成小说——"

"我知道。"

"啊?"

"你在另一个日本当作家,名字是T,又酷似我们的J,这些在你昨晚被带走后,我们得到了内线的报告。"

"内线?"

"总而言之,如此相像,只能说是命运。"

"对我来说,就是一堆麻烦而已。我只希望返回原来的日本写小说。"

"不好意思,如果你不接受相像的命运,我就不好办了。J和你的一致,对我国也好,对你也好,是无法否定的、强大的命运。"

"我不相信什么命运。"

"这不是信不信的事,是命运。最初内线来报告你的情况时,我也怀疑。我内心是无法相信的。"

"所谓'内线',莫非……"

然而我的声音被无视了,仿佛我说的不是日语。

"迄今曾有过几回情报,说从外面来的人像J,J复活了。每次大家都期待,也许J最后留下的话要实现了……也就是说,每次都被背叛了。相像的人一个个都……所以呢,这回,这回……"

男子抬头看看J的肖像,所有人都模仿。这时,我终于发现这里像是教堂。

男子消失在祭坛后,随即又手持薄薄的、结实的本子回来了。我觉得它像军队的女子翻的文件夹。很像,但不是。

"上面写着给你的话,说你不久就会来。"

说是J死前写的手记,是这个不明不白的日本的跟军队所说不一样的,既短又长的历史的开端、过程、未来。我读了。读和我相像的J的话,跟读和我不相像的人的话是一样的,但即便我摆脱挤满教堂内的人的压迫、试图进入与自己毫无关系的传说故事里面,即便我没有看过肖像画、和我相像的J的脸,不接受跟我有任何决定性的不同、除我以外不可能、也许我就是按照画造出来的那副J的肖像画,仿佛已经笼罩了我。我读着手记,眼睛以外的全身肉体充塞着这样的感觉:人们的眼睛越发闪亮。对人们而言,J和我的区别,只是二人不是一个人这一事实,这一事实完全不影响二人的同一性。

怎样做才能摆脱J?推开J,客观看待,对我而言是唯一的方法。好歹一滴不漏地承受不知来由、不明真相的日本的方法……母亲的声音……摆弄语言制作有趣的东西。

恐怕也只能这样子。因为这样做以遵守母亲的嘱咐,是自己身为作家的职责。相信有趣的东西。相信小说比事实有趣。明白不可能有不基于虚构的事实。不能写进小说的不是事实,只要写进了小说就成了事实。事实是故事。既然是故事,肯定是有趣的。何况是跟自己如此相像的人的故事。管它是我写的,还是以J之手而成的,既然是在有趣的故事里头,不用说J和我相像这件事,就连找出我身陷这不知来由的日本的理由,也有……

手　记

　　致和我相像的人。你会觉得奇怪吧,心想:为何非要在这种地方、读这种东西不可呢?为何非在这里不可呢?没错,肯定是一个像我的人,原本不在这里,是从毫不相干、意想不到、难以置信这是现实世界的别处,为了挽救这个国家而来的吧。否则的话,救不了这个国家。在这个国家里,我们日本人现在动弹不得。去救的是长相像我的你,除了来自国外的你别无他人。可能谁也不相信我的话吧。可能被取笑没什么拯救会到来吧。所以,我秘密写下这些话。我相信——以不像是我的意志坚信,你最终会读的。相反地,我丝毫也不相信有人从外面世界来拯救这个国家吗?不一样。不是不信。是清楚地知道,没什么外面的世界。是太明白了,什么拯救也来不了这个日本。所以,好歹必须相信。必须往前走。没有时间了。到黎明还有多久?我坚信,要写下来。为从外面来的你写下来。

1945年,那场战争结束了。所谓那场战争,当然就是1941年的、于12月8日开始的那场——同为12月8日,数十年后有位风貌像耶稣的音乐家,以类似耶稣的方式,悲剧性地死于狂热支持者之手——不到四年。终局是空袭本土。无差别轰炸。一群群不振翅的金属怪鸟。然后,有光。与灼热拥抱、世界首现、连神也受惊吓的两道巨光划破青天,在这片大地上出现。是最初也是最后、完全不该且不必有的光。战争因光而结束。

像我的人哟,光之后怎样了?取代光的,是黑暗来了吗?不对。那两颗巨大的、老天的眼珠子爆炸之后,来的是美国。这是理所当然的。要说战争中能不发怵使出那么两道巨光的、之后过来的,也只有美国而已吧。是历史的常识。历史从没有跨出常识的范围一步。就像死了要变成化石的大象似的,一步也没有。

自外而来的你,认为你生活的世界才是唯一的世界、无二的世界吧。但是啊,像我的人啊,即便化石的大象不能动,大象就只有一头吗?很多很多头都死了的话,会怎么样?

单单伫立在一个历史跟前的话,察觉不了其他历史。好歹是大象,所以,尸体另一面的情况,并不能简单看到。一般情况下,就没有人想要看对面。甚至没想看的念头。相信仅仅眼前的这个历史,就是历史了。你所生活过的世界的历史,对那个世界而言,曾是无可置疑的大象吧。

像我的人啊。接下来要写的,是另一头大象的事情,不是你们已知的。天空的两颗眼珠子连续闪光之后,美国作为黑暗的代理人来了。之后,你们花了数十年,小心翼翼啃吃只有你们知道的大象的尸体,啃吃变成了石头的大象。你们没有听到过身边另一头大象倒下的声音。

原子弹爆炸之后,美国来了——怎么样,你那边的世界也一样吧?所以,也就没有必要那边跟这边一模一样了。接受东京审判,埋葬了战犯,作为独立国家回归世界,日本人像以往般安定生活,不久就从战败中站起来了……我实在不认为有这样的日本。你来自这样的日本吗?

在这边的日本,美国没有采取悠闲自在的方法,没有把国家的统治交到原来的日本人手中。

是打包买下。美国把战败国日本从日本人手上拿过来,这回就作为管理这个国家的新的日本人住下来,开始了统治。原本生活在美国的美国人,反过来使用当日从英伦三岛渡海前往北美大陆的经验,殖民岛国日本,经营起一个国家来了。美国不是占领军,是作为日本、作为日本人本身扎下根了。

房子的管理者变了,居民也变了,但房子和装修仍旧。也就是说,成功地打包买下了。不是作为第五十一个州,而是以高个子、有过滤了太阳光颜色(绝不能说是天空的两颗眼珠子的颜色!)的头发的新日本人之手启动的新日本。但是,因为顾忌我们的反抗,唯有首相,是从自古以来的日本人中选择。

像我的人啊,国内没有反抗。抵抗?不可能。我们日本人只能眼看着,渡海而来的较占领军劣质的新日本人建立起新日本,只能接受这个假冒的日本。要说仅有的反抗,也就是在东京的国会周围喊几声可爱的口号"美国滚出去、滚出去"。而且,与偏颇的政治思想没有直接关系。世界已经分成了东方西方两边,在这里,却是左与右混杂。东边、西边都升起太阳吗?那可是太美了!在彬彬有礼地包围国会的集团里,红旗和太阳旗友好并立。大家有力地齐呼"美国佬混蛋!"友好、有力?这样的方式什么作用也没有。旗帜再飘扬,历史也无恙。这个日本固有的大象化石的国会,丝毫撼动不了美国和假冒的日本。

假货们运营的国家,是直接的同时也是间接的,是合理的、合乎目的的、有良心的、威压的、情绪性的和民主的。既然将"盎格鲁美国人"确定为日本人,原先的日本人便作为旧日本人(在这些家伙看来,一个与号称"欧洲狂犬"的德意结盟、冒犯美国的远东怪民族不识好歹,却还特地用日语——应为旧日语,赏给一个带乡愁的"旧日本人"的雅称,实在要感激涕零了!)对待了。也就是说,确立了与新日本人分隔的旧日本人的立场!为与新的、假冒的日本人互不相干,给我们定下特别居住区;相应地生活上也加以有良心的限制,不必携带证明国民身份和国籍的N·P之类的麻烦东西;

作为有历史和传统的国家的好原居民得到敬重,生活在有别于新的假冒日本人的地方……竟然有这样细心亲切的对待,令人感动!不想灭绝的话,除了乖乖待在特别居住区,没有其他路子。在数量上,我们对那些家伙是压倒性的,来真的的话,应可赶走假冒的吧,但我们好旧日本人不作抵抗,乖乖的——

我们?我们为何绝不抵抗?因为是旧、日本人?没有新与旧、任何时代都是日本人的我们,为何非要将日本——好好的日本交给美国,让那些家伙冒名顶替日本人不可?给那些一个日语音也发不准确的巨型家伙们!

明白吗,像我的人啊。你老实说,你所住的、那边的日本多么令人羡慕!突破占领之网,自己手上重获主权,作为明确无误的日本人可以管理这个国家——你那边的日本,才是真正的日本!

我要写下重要的事情。也就是为数不多的抵抗运动之一。这是不依赖红旗或者太阳旗的、赤裸的、两手空空的、滑稽且笨拙的、不在乎是否假冒的日本、单纯活下来的话什么都不需要的、区区一个人的斗争。对独自要做某件事的人而言,没有伙伴。对违背日本人美德的人而言,就是打破和谐,做事与众不同。你想想吧,像我的人啊。你那边也好,我这边也好,我们日本人为何总是这副样子?为何要聚在一起,取笑要独自生存下去的人?你看吧,成堆围着红旗或太阳旗的、这个国家的年轻人!就连抵抗或反击,也少不得步骤、秩序和旗号,最重要的是有别人一起行动!共鸣和正当性,还有明知道的结果。早知是取胜的活动,都踊跃参加。只是这个国家难得一次胜利,所以许多场合是全体出动迎来失败。这个国家最重要的是"我们"的意识,而绝非"我"。

那么,我为什么一定要发起不是"我们",而是我一人的斗争,不打旗号,不召集伙伴,以完全非日本人的方式呢?是侠义之心驱使吗?为了报效亲爱的祖国?与其说是针对将这个国家变成一片焦土又强行霸占的美国,毋宁说是为了唤醒毫无抵抗地接受了昨日之敌的这个日本自身?那又如何?若是这样,首先就要在与日本人的相争中取胜,在巩固自己行动基础之上,走向与美国的真正对决吧?不管是武装斗争还是民主方式,更具正当性……正当性!已经够了吧?像我的人啊。作为日本人,我曾多么自豪?厌倦了胆小的同胞？问问这样的事情，也不能怎么样。自豪或厌倦，不正是"我们"摆脱不了的、日本人的卑贱本性吗？

斗争的理由？动机？不知道。既然此刻正写着这些内容，我即将进行真正的斗争。稍后就实行，是黎明之后吧。理由也好，动机也好，不妨尽管想象。不喜欢假冒的日本啦，日本人仅存的自尊表现为行凶啦，怎么说都合适，不妨在正当性和共鸣的盒子里记下我和我的行动。此刻，我只能是死者。被活下来的人和今后生下来的人认识为死者、给我的坟墓上花、瞻仰遗照——就是这样的我，别无其他。相反地，从假冒日本人的角度，我作为突然出现的违法者、反叛者，会被带着礼貌的憎恨和历史教训记下来。

杀人要满足的条件是什么？杀意？是否有杀人的决心？法律是多么看中杀意啊！杀意是法律的妓女。好冲动的这个女人可不是总在的。然而，这么一个女人管它在不在，人命要被夺走时就被夺走。此刻的我也是。有没有杀意完全不重要。我觉得，就连什么反抗、抵抗的意图也没有——至少在表面上。另一方面，我们身体的表面上有衣服。作为日本人应穿上的，以及居住区旧日本人也爱穿的制服。只是，在我的表面上,没有衣服。

明白吗,像我的人啊。假冒的日本及其宗主国美国,在大战后的世界各地设立基地,派驻士兵,总是很有耐心地在某地与某国一个劲地搞战争、纷争、小规模战斗,不断产生循环往复的忙碌时间。时而是当事人,时而是幕后操纵者,却比主角还要显眼。是比剧场还大的老板。一天到晚拉开架势,又自己打破格局,开始另一件事情。对手是苏联不?别开玩笑了,像我的人啊。地球另一侧的宗主国在那里与谁互掷钢铁玩具,日本又如何协助这种游戏,在美丽新日本居住的旧日本人不可能知道。首先,这样的信息从何处获得?在这边,信息被掌控、选择、管制,然后才被叫作信息。听得见、听不见都是信息。没有信息的状态本身,甚至也成为一种信息。"我国依然与美国一道,在某大陆某丘陵地带与某国进行某某作战。没有特别进展。"没有这般确切把握现实的信息。美国没有必要像曾经的日本,要通过拼命夸大报道粉饰战况,以鼓舞、控制人心。美国几乎成为世界唯一的国家。果敢地与美国战斗的小国家,也都因战斗而正变成美国。时有时无的、明快且准确的信息,与之完全同义的信息控制,绝非只存在于居住区。毋宁说美国裔日本人这些假冒者之间,信息传送更为走样、更加混乱。其证据是制服。在政府号令下,国民被染成一片极凝重的绿色。因为全世界都上演美国主办的大戏,所以即便没有夸大的报道,国民因国家处于交战状态,当然要显示出统一的意志,为此人人踊跃穿上制服。但是,制服不是分配,而是销售的;同时因为还有义务——生活费须首先用于购置制服,不从者视为怠慢国民义务。

制服完全制度化、义务化,是距我动笔的此刻数年前的事情。在居住区内,不可能像假日本人那样欢欢喜喜祝愿国家胜利,人人都把强制的流行色穿上身。以实在讨厌假冒者强制穿衣为由抵抗——不、不,我写过没有抵抗,对吧?

我们貌似抵抗地没穿制服,理由五花八门。首先是因为制服实物数量不足。早就知道的,制服不够分发居住区的全体人员。因为是战时体制,负担最终一定转嫁到我们身上。数量不足再加上我们的经济状况恶化。在居住区内,平日的工作,较之外围的假冒社会大受限制,穷困已经日常化。一方面,制服以正规价格销售,但在居住区内,那售价怎么都可过半个月日子!

生活上相当富裕者是买得起,但困窘者就永远都是平日那一身普通衣服了。

　　结果就是,日本各地的居住区频频发生纠纷。是因为政府施加了压力?是催逼赶紧购买制服,不管是否有钱?毫不留情地惩罚不从者,由此一点点削弱我们原本就弱的力量。引入制服的目的,在于加强、维持体制,同时要将政府眼中钉的我们逼入困境。集中战时的国力,和为此压抑特定民族,是难舍难分的一对,你觉得吗?对这样压迫上门来的敌人,我们这回就……

　　抵抗,是没有的——像我的人啊。

　　纠纷频发的,是在居住区的日本人和旧日本人之间。力量不来自外部,而存在于内部。在穿了制服者和穿不起的人之间,产生了对立。买得起制服和买不起制服这点小小的差异,使居住区内明显存在的生活水平差异浮现出来。其他的比较要素还有很多,例如居住面积大小、食物质量等等,但制服的效果巨大。买得起的人虽无奈被政府所强制,但暂且安心了;买不起的人非但憎恨政府,还悲叹自己家底不厚。加上政府将是否穿制服作为衡量对战时体制忠诚心的指标,以此名义着手提高制服的价钱。这种做法进一步扩大了我们的不满,但不满仍不是对外的,而表现为向居住区内经营制服的商店扔石头等行为,在单位和学校等割裂、恶化了穿制服者和不穿者的关系。

在这种战时体制下,被送往海外的父亲没回来,母亲患肺病疗养,所以我初中毕业就开始工作了。——在哪里?在哪里都干。为了缓解病痛的药,我没日没夜地干。完全不管合不合法,不择手段,说来挺有范儿。如果我有魄力冲破假冒的日本政府定下的法规,也许我就成了真正的叛逆者、孤独的革命家、传说里的英雄了……

我们要是犯了罪,被处刑罚较假冒者为重。虽说司法在运行,但谁也没见过审判现场。我们要判死刑时,会被公开。因为是重大案件。侮辱日本政府、私闯日本人区域、侵害日本人的权利和自由,这些都是重罪。我们犯罪没有不是大案的。报纸只是刊登悬挂的尸体照片和所犯罪行的详情,疑问和查证一行字也没有。明白吗?像我的人啊。别说反叛,只要人家认为有过轻微的反抗或正在反抗,司法就只是绞架的绳索的部下。

因为是这样的状况，你只能小心选择生存的手段，在政府设定的法律中工作、生活下去。只要你乖乖的，在居住区的框框里头，清心寡欲，把这里作为归宿，就能好好活下去。我一步也没迈出过法律外头。是一条宁愿不要自然河流，而选择打鱼者预备的鱼塘的鱼。因为河流速度今非昔比，所以是理所当然的吧？

这种法律里头的工作之一，是缝纫工厂。嘿，你笑吧，像我的人啊！我在厂子里埋头苦干，生产作为国民义务的绿色制服，你就笑吧！

政府政策，是在各居住区里生产象征战时的衣服；因为工钱被压低，在假冒者中很获好评。——为何选择那么屈辱的工作？虽说工钱被压低，却比居住区内我们自己同胞经营的农场、商店好出太多了！你想说我是自取其辱的话你就说吧。

因为是在生产制服吧，员工们即使多少有些勉强，也都弄到了制服穿，仿佛不是国家的服饰，而是工厂的制服似的。不会因为你是员工，就会免费发下来。为此，弄到了制服的人，带有一种安心和优越的感觉。

所有人。我被工厂录用的时候，其他员工全都穿制服了。对于在这里工作的人来说，也许可说是理所当然的准备吧。我预计到这一点,事前跟布料店说了,约定用上班头一天早上之前的钱款交换。

之前的单位,是供应居住区的蔬菜农场。我不干了,同事们都没好脸色。大的理由,是我得以挤进工资特别好的单位,他们不乐意;背后还有另外一种情绪:妒忌我去这家生产明星商品——制服的工厂。现在,全权管理我国的假冒政府正强制推行制服,以此来作为国民的证明。无论什么事情都不反抗,反而去向往假冒的日本人,在制服厂工作的同胞面前感到自卑。怎么看都是下贱、糊涂、凄凉,好几倍的滑稽,没有丝毫反抗气息。那就是日本人,真正的、被冠以"旧"字的,我们日本人。

所以,就连我指望的农场退职金,也被大幅削减了。我并非完全没有积蓄,但现在用的话,在得到工厂工资以前,我就付不了母亲的药费了。

那天晚上,也就是第一天到工厂上班的前夜,母亲对我说,药,可以等你有工资之后;重要的是,在新单位,你不能就自己一个人的衣服与众不同,明早去把钱付了,拿回制服。明白吗,像我的人啊。那完全就像是嘱咐头一天上学的小孩子穿好校服。

你笑吧,求你别深沉地低下头。求你了,笑吧——抬起脸,断然、分明地,堂堂正正地,以毫无阴翳的目光、真日本人的目光。居住在恐怕我想象不出的美丽日本,生活在无可取笑的、无须"旧"字的、唯一地道的日本,你作为如此纯粹的日本人,笑吧。否则,我该怎么办、怎样继续这个故事?……如果没有另一个日本存在的话。如果我不期待来自原本日本的你看了这个莫名其妙的日本发笑。你害怕笑吗?不严肃?取笑硬塞进日本这片国土的同胞不好?然而,除了笑以外,还有什么拯救?神?钱?又或者时间倒流,把日本拨回到太平洋战争之前,从那里重新出发?……那么一来,就可以体验你居住的、真正的日本?……

我迟疑不决,但即便暂时放心了,我还是不能让母亲缺一回药。我想,也许衣服的钱可以拖到工厂发第一个月工资吧,第二天早上,我去布料店取。然而,在穷困潦倒的居住区里,没有商店会不收钱就交货的。瘦削的店主脸色很差,与身上绿色制服有得一拼,他拒绝了我。我解释了母亲的病,但徒劳。为我缝制的制服就挂在眼前架子的另一头,在风吹拂下摇晃着,眼看要从衣架脱落似的。只要衣服到手,我的身体以绿色覆盖，就没有问题了。眼前的、为我缝制的，就是我的制服。同时也是所有日本人的制服。既是我，也是国家的制服。

头一次，该拿到的制服没有成为自己的东西。在这个事实面前，我头一次自觉是假冒者们确定的"旧日本人"。是"旧日本人"的实态，凝缩于区区一件衣服！那制服就在伸手可及之处，它却一副无所谓的样子！我现在就想要。要把假冒的日本的命令和强制正儿八经地穿在身上。被冠以"旧日本人"这一蔑称，为了在日本的角落活下去；身为一只笼子里的绿虫，以糊口为目标活下去；对将来不抱希望，对日本复活为从前模样不抱幻想，作为旧日本人活着，为此我希望穿上制服。希望穿上那件架子一端挂的制服，它就出自凝聚了旧日本一切的狭窄小店，这店和居住区其他店别无二致：墙壁湿漉漉，天花板黑黝黝，泥土硬地板。那是完全料想不到的、急迫的欲求。现在想来，那是多么卑屈、可笑的姿态啊！一件衣服，竟把自己逼成那样。就那般认可自己是旧日本人，渴求一件向假冒者证明自己隶属的制服。

这种欲求，在暂且放弃穿制服去工厂上班时，进一步提高了。以下腹碍眼地突出的厂长为首，全体员工都穿着制服。都穿？啥腔调！别装糊涂了，我这旧日本人德行！不是所有人都穿了，与那种大场面无关，是我、是我一个人没穿，就是如此而已。真是如此而已。工厂里什么都没发生，简直就像没有新员工加入一样。没有因为没穿制服，挨厂长说了，遭受围攻。我解释了母亲药费的情况，大家目光里都有点同情，表现出同胞的亲密之情——以极其平和的笑容，那种绝不伤及对方的、安全而无不满的笑容，那种形式上同质、宛如面孔也穿了制服似的笑容。

死了心。明白了吧，像我的人啊。日本人的无从掩盖的、岩盘状的严肃的特质。员工们早绝望了。接受在居住区内生产象征假冒国家的制服，一切都绝望了。关键是，一点儿也没发现自己绝望。令人觉得幸福的笑容，令人觉得满足的笑容。一个民族抛弃了自尊，可以变得如此平和。一切都交由假冒者，非但没有抵抗，连不满或疑问都抛弃了的面孔。被很大的力量包住的面孔。高尚的面孔。

指导我的，是一位年龄相近的员工。她一边向我解释工作过程，一边告诉我，这里的条件与居住区内的其他单位,即政府力所不及的旧日本人自行运作的厂子相比,有多少好处——以一种灵魂完全脱落、脑子空空的笑脸,以接受了自己是旧日本人的笑脸。我也笑了。

放弃。壮烈的放弃。漂亮的放弃。无与伦比的放弃。我好棒!不是吗?笑纳自己是一个旧日本人。和居住区、工厂、员工们一样放弃宝石,放弃勋章。作为日本人,亦即旧日本人。一笑即变身为带"旧"的日本人。这么棒、这么伟大的事情,有吗?

但是呀,像我的人啊。头一天工作结束后,我那位师傅带着她那种空空的笑脸,说了奇怪的话。

"头儿(大家这样称呼厂长)跟你说工资的事了吗?"

我正想追问是什么事,我那位师傅带着困惑的笑容看我身后。我一回头,见厂长摇晃着腹部走过来,说道:

"你不用担心啦,制服的事,店方来问了。"

"店……?"

"发工资之前就先付了吧。你母亲的药可以设法解决吧?"

"……"

"好吧。就从你月底的第一个月工资扣减制服费吧。回家时顺路去拿一下制服。你跟店方转达我的意见。"

厂长后脑勺也带笑似的离开了,我那位师傅返回来,说道:

"哦,原来是这么回事。"

"……"

"头儿呀,喜欢出主意。"

"……"

"说到你的工资了吧?他喜欢在这方面做安排。"

据师傅说,厂长会根据员工的生活状况、家庭人数、存款高低、居住情况等给建议,例如对于有借债的人,他找债主谈,争取延期;而对于穷困者,他有时允许预支。

"不过呢,你还是小心为好哩。因为有浑水摸鱼的啦。更加要小心的是,绝对不可违抗他的意思。可别刚进来就被赶出去了。"

似懂非懂的话。把厂长和师傅的话合起来想,我判断应是厂方帮我出衣服钱,再从我工资里扣除吧。

但浑水摸鱼是怎么回事？我猜不出来。

然而，那天回家路上，我继早上那次，第二次前往布料店。到了傍晚仍脸色很棒的店主讨好地说声"情况都明白啦"，把我念想的制服——作为旧日本人极需要的绿色，从衣架取下，递给我——遗憾的是并没有这回事。正在读报的店主瞥我一眼，说道：

"没有钱吧？现在身上没有吧？"

"可是……"

"没有的话，不能交衣服。"

"但是，厂长他……"

你觉得，在这里会开始什么事情？店主嘴里会吐出什么话？正确答案是，啥事也没开始。可是，跟美国携手的战争不论何时都执拗地继续，没啥必要从头开始。店主临时充当战争报道官员，把报纸"哗啦哗啦"叠起，让我看头版的题目，并做了实况转播：日本和宗主国美利坚合众国携手，在全世界可歌可泣地战斗着。战线无处不在，几乎覆盖地球。现在报纸上刊登了俯瞰式的世界地图，精细，狭窄而宏大。表示战火和胜利的火焰印记，出现在北美和日本列岛以外的各个地方。店主手指着地球与战火无法分开的地图进行解说，我站在店铺前洗耳恭听。所谓：日本迄今取得了伟大的战果，美日同盟天下无敌——可您呢？为了一件制服，要麻烦单位的上司，不觉得羞耻吗……自鸣得意地数落人的店主，也是居住区里的旧日本人！同胞贬低同胞的这种态度，就产生于假冒政府的国家运营、旧日本人和居住区这样的系统里吗？否则，这也和不抗拒、放弃等等一样，与系统无关，是昔日日本人、如今之旧日本人的我们地壳般的特质？

我把制服留在店里，翌日仍穿个人衣服上班。我立即向厂长报告在布料店的事，但得到的是连声的"不知道、不知道"。昨日一整个笑脸的脑袋，今天完全扁平，是原本就没有眼耳口鼻的脸。而且不单是厂长一个，那么和善接受我的同事们，态度为之一变，仿佛是另一家工厂。笑脸还是笑脸，但不再是空空而高尚的脸，是除性欲之外无其他能力的男子、把自己那玩意出其不意亮在可随心所欲的女子眼前时，喘不上气的、浑身有劲的笑脸。

之后是每一天。无论我跟谁说话，回应只有缝制机械的声音。工具被藏起来。午餐的面包恰好是我那份分量不足。谁也不教我还没熟悉的工作方法。相反

故意说错,我自然就做错了,被其他部门投诉。我正要用正确方法做事时,工作被人夺走。周围只是取笑我。我那位师傅笑着对我说:

"再坚持一下,都这样的。"

惯例。对新员工的惩戒、教育。据说是厂长驯服新员工的惯用手段。想在这里工作的人,被较其他地方好得多的工资吸引。首先要挫折其希望和倔强,员工全体出动找其麻烦。加上厂长利用了我把母亲的药放在第一位、制服其次这一点。因生产和零售的关系而与布料店联手,对我先来点和颜悦色,随即就变脸。让你忘不了作为一个居住区员工的规矩。向你显示、让你懂得正确的上下级关系。

持续了一个月。直至发头一个月工资那天。本应在那天结束的。度过了牵挂母亲药费和一直挂在店头的制服、埋头于面对空空的或不空的笑容的新员工培训的每一天,我本应能穿上那身绿色,成为身在日本的正常旧日本人的。前一天晚上,我忍不住对母亲说了。母亲默默听着。我很高兴。只能高兴。我满足于忍耐了一个月之后,可被表扬为"旧日本"。

放弃。我们民族躯体里流动的、确切的东西。对庞然大物、对假冒日本托付一切,端坐在放弃的椅子上。无论多穷,腰腿多痛,绝不站立起来。

那一天,拿到手的第一份工资。信封上列出的明细表,从全额工资扣除了制服费。我还没觉得有异。厂长这回是真的先支付了,我肯定能拿到手了。下班走向布料店期间,这段路是我人生最辉煌的时刻了。穿上念想中的绿色,那一瞬间爽啊。获授"旧日本人"称号的瞬间……

对我提及制服款项的事,店主嘴里是事务性的声音:

"工厂方面没有任何说法,我也没收到任何款项。"

跟脸同样绿色的声音。

还有比这更正确的算法吗!像我的人啊。从工资里扣除的制服费没有支付给店里,这样一来,就必须从少了制服费的工资袋里再拿出这笔钱不可。用两套制服的钱买来一套制服。竟有如此精妙的算计吗!

我迟疑不决:我要支付没必要的钱给店主买制服吗?也许我应该默不作声,付钱拿制服,穿上回家,让母亲看看杰出的旧日本人的儿子——我本应这么干!

必须这么干的。

一到家,母亲就问:"买下制服了吗?"恐怕母亲从很早以前,就知道自己的药费成了我的负担……我死心眼地对母亲解释了……

第二天,我问厂长,找同事说,没有任何回应。最终,看来只能咽下去了。两份钱买一套制服。作为旧日本人的精确、美妙的算计。我当然一整天穿自己的衣服干活——忍耐着多得史无前例的卑屈笑脸。但是呵,像我的人啊,笑脸有不卑屈的吗?一个月来面对喘不过气来的人际关系——围绕一套制服和钱,我代替制服背起了卑屈。死心吧!笑吧!我们民族的自豪和传统!发生什么都无所谓了。在厂里,在居住区内,无论发生多么没有天理的事,只要死死绷紧心和笑的神经,就能应付过去。无尽的卑屈、温厚,唯有我心中绽放的死心。和刚诞生的婴儿一样软乎乎的、水肿的笑。

回家路上去了布料店,重新付了制服的钱,店主丝毫没有显示"怎么样,这下子明白这儿的规矩了吧"的神色,简单叠好制服装进纸袋子,交给我。从那里回家,是我仍是我的最后时间……

像我的人啊,我不知道你母亲是怎样的人,是否健在。理所当然的。因为对我来说,我有母亲一个人就满足。因为我的日本和你的日本不一样。所以,对你而言,也是有母亲一个人便满足。我母亲怎样的,与你没有关系。从头到尾没有关系。跟没见过面的你,谈不上有关系。更何况我母亲、母亲的死之类……

母亲在自家的床上,像平时那样躺着。像平时的样子,除了——一只手上拿着旧剃刀,在青青的瘦脖子上划出深深的伤口,积了一摊血……我头脑难以置信地清醒,回想起昨晚的对话。母亲询问我。我死心眼地说了药费。母亲用自己的身体,以彻底的方法,独自来解除加之于儿子的辛劳……

此刻,我在再也不能醒来的母亲旁边写着这些文字。

母亲为何不能动了?可以说,那是因为我、因为我!我要大声说,是因为我!

像我的人啊,不论你多像我,也绝不会是我。你应该是在照射进旧日本的黑暗中阅读这些文字的。别错过微弱的光。抓住光线。撬开光,拖出来,展开它吧。把旧日本人解放为本来的日本人吧。从另一个日本来到这里,就是为了这个吧?母亲再也不能醒来了。你会觉得,在血泊中的母亲跟前,我竟然能够写这些?竟然能够闻着母亲的血腥味写手记?没错是这样,像我的人啊。当母亲置身血泊中时,人会做出这样难以置信的事情。

小鸟在叫。小鸟总在早上叫的。这只是一个普通的早上。只是假冒的日本迎来的一个假冒的早上而已。

接下来,我想采取行动,拽出另一个真正的太阳,拽出与日本这国名相符合的、日本黎明的光——不是想采取行动,而是行动了……

鸟又叫了。我马上就来、马上就来……

手记至此中断了。教堂里的人对比着我和墙壁上挂的肖像。目光锐利的年轻男子将视线投向我手上的手记,仿佛那不是J,而是我自己写的;他用坚实、平稳的声音说道:

"J写完手记,就像最后所写的,采取了行动。他先把母亲的遗体运到这所教堂的墓地下葬了。他一个人做的。之后,他马上去工厂,但太早了,还没人到,于是他就消耗时间吧,工厂附近的居民目击了他在周围徘徊的样子。期间员工们陆续来上班,厂长也出现了。估摸着时间差不多了,

J挥舞着从家里拿来的、在农场干活时用的劈柴刀,闯进厂里。当时正好全体集合,进行开工前的点名和业务安排。据说员工们最初以为J迟到了。可是劈柴刀亮了出来。J砍向最接近的老员工。然后一个一个地……但是没能赶到他最恨的厂长处。厂长在第一个人挨砍时,就飞快地逃走了。差一步没能杀死敌人,J的心情是怎样的呢……J向其他员工挑战,但那些家伙非但没回应,还学上司逃走了。万念俱空的J把劈柴刀一再砍向奔逃的卑怯敌人。结果有五人死亡,十多人负伤。警察接到报告赶来了。很窝心吧,这回轮到J逃跑了。说不准,他还打算干那布料店店主呢。可是已经没那工夫了。J逃跑了。他跑过教堂前面,来到居住区南侧、你刚才过的桥处。可是,人家追上了。警察从对岸冲过来,完全挡住了去路。于是,就在那里——瞧,J当场被射杀。连辩白的时间也不给,像打猎一样被射杀。明白吗?对待我们,直到如今都不适用正经的法律、不经审判就处罚的根据之一,就是J一个人的叛乱及其后果。J恐怕并不真想杀害同胞吧。他是想对抗把我们弄到这步田地的政府吧。但是,一个人的能力是有限的,必然导致这样的悲剧。以后,我们真正的日本人拒绝制服。制服是屈辱的印记,并导致J死亡。我们要在日本各地完成J的心愿,相信肩负这一使命的领袖会出现。J写下的,致像自己的某位……"

我烦透了,说道:

"说是预感,不如说就是实感了,也就是说,那位就是我。"

"全体日本人都等待着你。"

"我刚才应该说过了,我只想给母亲扫墓,把事情写成小说就好。不过,我不熟悉这边的日本,起码得有母亲的墓吧。下葬的墓地是哪儿呢?不记得当时有没有过河……"

男子对我的话似听非听,说道:

"一切都符合J的预言。手记上写着,在某个地方有另一个日本,那里会来一个像自己的人,拯救日本,让我们回到真正的日本。当然,在J自己,这也完全是个梦想或者说是幻想吧。可是,J被杀害不到十年,就发生了外面世界的同胞进入这边的现象了。那些家伙说他们是侵入者,那说法简直就是不拿他们当人看,可我们呢,把你们这样的人称为'救助'。"

"说'救助'什么的,我可一点儿也没想过要为谁做什么。而且,我四处碰壁,也不是因为J的手记吧。毫不相干。"

"不相干的事情发生了,这才是奇迹呀。为何抵达O站的列车,走下来你这样的'救助'呢?为何有两个日本呢?只能认为,一切都是为了拯救这个被假冒者统治的悲惨的日本。更何况,手记所说跟J相像的你出现了。迄今为止,每当从外面来的救助出现,我们就期待'他是否像J呢',然后是失望,然后一次又一次地延续着期望。甚至政府也把流传于各地居住区的这本手记看成一个问题,担心什么时候会出现像J的人。"

我想起看我时的站员和军人们吃惊的神色。

"当局表面上把J的手记看作单纯的幻想,不予重视,但实际上很害怕。因为目前救助在流入。昨晚你在车站被拘留了。因为站员通报了你的样貌,飞奔而来的是军人,而不是警察。救助都无一例外被政府注意,但这么迅速的对应,是没有先例的。你像J,要实现J的手记,此刻对于我们来说,你是千真万确的救助,对政府来说就是危险人物。"

"我只是想给母亲扫墓,再写成小说而已……"

这时,坐满听众的座席里站起一个白头发的佝偻女人,她仿佛拼尽了仅存的力气说道:

"那不就是证据吗?J为吊唁母亲拼上性命。还留下了手记。你则是给娘扫墓、写小说——这是一模一样的吧?

这么简单的事情为什么不明白呢？你肯定是 J 的转世再生。"

"不好意思，这可不是玩笑。哪有这么简单？说我是转世再生，感觉可不好。在莫名其妙的日本四处碰壁，最后还遇上……我觉得啊，手记的内容，还有之后 J 怎么了，你们是明白的。"

目光锐利的男子有了"转世再生"的说法，嘴角浮现大有希望的笑容，说道：

"那就请放心吧。是幸存员工和目击者的证言。错不了。"

"怎么个放心法？我不理解你刚才的话。好像被 J 袭击而逃走的人是卑怯的，从后砍人的 J 是对的。那是对你们而言的救助的象征吗？像那位 J 的我，也同样要冲在前头杀人吗？原本，我说原本——那本手记本身就很奇怪。感觉 J 似乎预言了另一个日本的存在。但实在太巧合了。这真是 J 写的吗？是有人误入这里之后，才找人补充的吧？约翰·列侬遇害的事，这边的 J 也知道，这也很奇怪。或者说，各处的世界不是各不相干，而是彼此有重复吧？凑巧的重复。包围国会的场面，跟我所知的日本学生运动的情况极相似。说不定，是补写的骚动吧。"

这一来,男子也好,讲堂里的人群也好,都沉默了,一片寂静。我心想,呵呵,都有点不忍心往下说了。

"还有,军队为何放走跟J长得一模一样的我?"

"这个,据内线判断——"

汽笛声突然响起。跟我在驻地听见的一样。人们一齐站起来,或说"关键时刻啊",或咂嘴,或绷着脸往外走。

出了教堂即向右拐,在房屋和道路稀落、中断处,有一个广场,人们聚集在那里,脸朝同一个方向。他们视线的前方有一座小小的塔楼,上面安装了一个显示屏,与在旧影片中见过的街头电视一样。目光锐利的男子紧跟着我,不知是看守着我,还是要向我解释情况。

"首相对国民的演说马上就要开始。这是为了提高战斗热情。"

"我在驻地只听见汽笛声,没看到有演说。"

"根据首相的身体情况,也有临时变更的。"

人们抽着烟,聊着油、米又涨价了之类。学龄前儿童聚在一起喧哗,挨了大人的训。众人紧急集合而来,却颇悠闲自在。阳光也温暖。

一大片光粒子在荧屏上闪烁,随着大声的杂音,白和灰的横线波动着,出现在荧屏上。杂音渐小,即将出现什么了,又是波动。众人渐渐不说话了,注目于荧屏。

"大家变得挺乖的嘛。"

"那边——明白吗?"男子的手迅速指点着。荧屏斜后方类似电线杆的木棒最上头,安装了摄像头,与驻地的屋檐一样。

"演说一开始,它就会启动。军队用它来监视。集会效果不佳的居住区,会有重劳动或罚款等制裁。"

荧屏旁有扩音器,保护其表面的铁丝网已开始剥落。扩音器播出雄壮的乐曲,类似电影开始时的吹奏乐曲。荧屏图像开始有色彩,变得鲜明起来,出现了一名穿绿色衣服、年约六十的男子。所谓的旧日本人,也就是日本人。他头发中分,从发际线向上翻卷、固定。白发几乎可数。浓眉,眼角略微下垂,与鼻子同样线条分明,但因为看着下方,眼珠子被浓密的睫毛遮住了。他有点惨不忍睹,不光是低着头的缘故,还因为皮肤原本就松松垮垮。感觉他本应发挥某种作用,却力不能及,转而表现为竭诚的态度,甚至有点精神头。我猜他不是首相,应是政府发言人之类的,在首相演说前装腔作势念念政府公报吧。可是,目光低垂到手上,却没有念出内容的苗头。众人意识到监视镜头,强忍地站着。荧屏上的男子的皮肤越发下垂,仿佛要脱离骨骼掉下来似的。

"他是谁?首相演说还没开始吗?"

男子提防着监视镜头,保持着绝对看不出是在说话的姿势,说道:

"已经开始了。这是首相A。他那态度就是演说了。那样子是身体状态很不错的了。因为他曾身体很差,几乎要辞去首相。因找到了特效药,得以重返岗位,但没有根治。"

"是什么病呢?"

首相动了。松弛的脸颊皮肤晃动,抬起了脸,眼皮子重复开闭几回,目光闪烁。

我很吃惊:人的眼球,会这么纯粹地闪亮吗?崭新地面上涌出的一滴泉水。充满了光亮,从它原本的机能解放出来了。如果没有手上的纸,恐怕会被认为是没有视力的人吧。然而,那眼睛里头,华丽地欠缺了一种要看东西的意志。什么也不要看的眼睛是如此纯粹,真是出乎意料。一侧的众人此刻一片寂静,他们与其说是被监视镜头看着,毋宁说是被这双什么也不要看的眼睛看着。

然而,尽管听众们努力保持安静,首相却不作声。他视线再次低下,下颚皮肤动了,一瞬间,感觉听见了关闭多年的大门开启似的戏剧性的声音。下颚中央部轻柔震动的小小隆起要突出来。似乎是嘴唇。慢慢卷起、闭合;又卷起、闭合。好像正在发出语言,但从扩音器里什么也听不见。

然而,他在说什么,马上就明白了。荧屏下方显示了日语字幕。这不是为了补充难以听清楚的声音。首相抬起凝重的脸,虽不是正面,但能整个看见,他说话的音量也渐渐听见了——说的是英语!也就是说,荧屏上的日语是翻译字幕。

"我国和美国推行的战争,在世界各地顺利展开。如往常所说,战争是和平至关重要的基础。是从战争的口唱出和平之歌。以战争之容器,正映出里面装的是和平。战争是和平伟大的母亲。二者结成了切也切不断的、血的联系。健全的国家需要健全的战争,只有健全地进行着战争,才能健全地保持和平……"

镜头拉远。首相站立的讲坛前,排列着一堆后脑勺。这时,另一个镜头反方向来拍摄听众。是盎格鲁-撒克逊日本人。因为面对的是这些奇怪的日本人,首相使用了英语,我们就得读字幕了。

镜头远去还明白了另一件事。仔细看的话,放置麦克风的讲坛的前板整个卸掉了,从那里突出一个导弹尖头形的东西,用绿布覆盖着。要说是首相的腹部,位置过低。我的脸稍稍向后侧一下,问道:

"那个突出来的地方,说不准……"

"对,是局部。"

"差不多有临盆孕妇的腹部一般大小呢。"

"那是首相的病。曾一度辞职继续治疗,因军部请他照旧干下去,就恢复原职了。"

"军部请的?"

"说是'肥大化的局部,正是战争中国家的威武旗帜'。"

"可也实在是太大了。"

"病名和原因都没有公布。据说首相之所以没表情,是因为被那局部夺去了体力。当然了,大到那份上,夫妻生活也……"

"不能性交了。"

"忍受着如此压抑的生活,他的魄力赢得了赞赏,于是再挑重担了。就我们来看,同为日本人,他挺可怜的;说真心话,他为什么对那些假冒者百依百顺呢?真受不了。"

……在列车的梦里听见的母亲的声音……以写故事为

工作的男子,某日不工作了,穿上军服似的东西切腹。三岛由纪夫。写完了一生最后一部长篇小说,也就是说,在放下工作的那一天,和同伙一起混入自卫队机构,用日本刀切腹而死——为何此刻想起这些?因为三岛在自杀前,和首相一样穿着制服,在电视镜头前做了演说。但是,镜头不是为了三岛的演说,而是为了演说的三岛。所以吧,三岛比首相要鲜活,虽属纪实而有戏剧性,甚至有轻快感。要说1970年死的三岛伴随着母亲的梦,那么1972年的两次奥运会——珍妮特·琳恩摔倒失金牌的札幌和马克·斯皮茨夺得七冠的慕尼黑,就不知道了。如果三岛看了珍妮特摔倒的情形,看了这位摔倒仍带笑、有点儿呆笨、比获金牌者更棒的女主人公,说不定他寻死的心、穿那么闷热的制服的念头,也都——等等,首先,三岛穿的那种可称为制服吗?自作主张弄出来的军事组织的衣服。如果借一位后辈作家——他细心周到地攻击了文坛明星三岛的立场——的话,那是私人军队组织。但是,私人的军队到底有可能吗?不是按照规则,而是凭趣味制作的,能叫作制服吗?或者,是期盼某一天成为国家军队吗?国家的、正式的、完全的制服。应给巴纳巴斯提供制服的卡夫卡的"城堡"也不会是私人城堡。所谓制服,肯定是那样的东西。做成人的形状的、国家的、正式的布。从谜一样的城堡领取的、最强的布。虽然卡夫卡的城堡主人是个谜,但荧屏上的首相的表情,一点点地施加了力量。仿佛从某处注射了兴奋剂。脸稍稍正面抬起,皮肤仍旧松弛,在引力增大之下震颤着。手臂前伸,摇动朝天的手掌要获取什么东西。

"我们在战争中才看到和平。只有通过战争,才能构筑和平。扰乱和平的各种因素,要通过战争消灭——只有这样子。这才是至高无上的方法。与最大的同盟国朋友美国一起,为赢得全人类的梦想——和平而战。这才是我们主张的:通过战争主义的世界和平主义,进行和平的民主主义的战争。"

更高地举向天空的手掌一下子收回到胸部,面部左右转动,与此同时,直接望着首相的荧屏里的听众,与荧屏这一侧的人们一齐爆发出掌声。也有人举起手臂。只不过,与荧屏里一片笑脸的狂热相比,这边有一种敷衍了事的紧张感,似乎满足了监视镜头即可。

然而,头一次参加集会、随大流拍手鼓掌的我,心中想的是和首相、三岛同样出现于荧屏的男子——艾尔·帕西诺。恰逢妹妹婚礼归来的迈克尔·柯里昂。我完全不知道这四个人有何关联,共通点应该还是……四个人?首相、三岛、迈克尔和……？另一个是巴纳巴斯。不,应该是五个人?再加上J。共通点……故事的主人公……曾想成为主人公……没成……之后,制服……制服……

一天一次,要不就两天一次,不然,就以别的间隔,首相要演说一番。我和居住区的居民一起听,一起鼓掌。

与其说是无奈滞留居住区,不如说是有益于身体的软禁。吃的是比军队那边给的还硬的面包、煮豆子、罐头等等。河鱼太腥,吃不了。我获得教堂的一个房间,目光锐利的男子虽不至于住进来,但稍一留意就能见他不离左右地监视。外出也必有他伴随。看守者说,是为了我不再次被带到军队去,但显然他是在防范我逃跑。

我提出了要纸笔的请求,但他说:

"开口就是纸、笔、小说,我都听烦了。J转世投生的你,死抱那些无用的东西,这是怎么回事呢?不觉得羞耻吗?怎么能对日本的现状闭上眼睛,躲进小说这种虚构的东西去?你醒醒吧。"

"四处碰壁的人——"

"是'救助'。"

"我也不喜欢这种称呼。总而言之,对莫名其妙就来到这里的我来说，现在的这个日本才是虚构的。完全就是你刚才说的，希望逃进自己写的虚构世界里——不，这里太虚构了，就像逃进了我写的虚构世界里。仿佛我要写的小说，已经被别人写出来了。我不想说是J。"

我不经意地留心起教堂里头，难解的是，任何地方都没能发现一张纸（之后也没再看见J的手记）、一支铅笔或者钢笔。

因为做不了事，无奈每天在居住区里遛弯。当然是和看守一起。

区内主要街道东西南北朝向分明。南面是有桥的河，缓缓向西走低。也就是说，西侧是和缓的山崖，下面是河流。从河上看这里的话，也许会错以为是高地上的城市。东侧没多远是茶色的水沼，往前是枝叶贫弱的树林。到处有穿透林子的强烈阳光。

城市里有那么一片，是商店集中地，还见到了学校、医院、电影院等。道路全是直线与直角构成，建筑物是用灰暗的石头或混凝土建的，说高度，也就跟我住的市中心靠北的教堂差不多。

人们无论走路、骑自行车、说话，都完全无所事事、孤独无助的样子。衣服种类不一,但限于明亮的土黄色——作为人种统一的肌肤颜色。生活没有任何纷扰。人们的民族苦恼上了锁,看来不是现在的日本政府,而是居民们给自身加上了结结实实的锁。

由看守跟着观览居住区之时,一名男子强烈吸引了我,我要写下来。他后面会再次登场。他坐在兼小酒馆的食堂地板上,或靠着墙壁,或大醉时倒头大睡。宽帽檐的旧帽子有好些粗粗的白发突出来,但声音圆润、年轻。据说这位男子也是从外面的日本误入的"救助"。明确称之为"救助"的人物,这是第一次,虽然可能另外还有。据看守说,对于救助,必须长得像J,他却完全不像,因此被区别对待。我往返于食堂,试探着问:"你是怎么来到这里的?从O站重新搭列车,不能回到原来的世界吗?救助们尝试过逃走吗?"那男子没从地上站起来,带酒气的声音拖拖拉拉、断断续续:

"我呀,跟你一样。你马上就会变成我的。不过,嗯,是J先生的转世再生吧?嘿,知道的吧?从另一个世界来这里的家伙,都被期待过一次。说这回可是J先生光临了。可热烈欢迎只是一瞬间,到了说是不像,就翻脸不认人,等待下一位的光临去了。这里的家伙总是这样的。号称日本人,却没有胆量对美国大人开一枪、射一弹,只有等待奇迹的J先生降临现身。永远没来,所以可以一直等。等待,是这些家伙们的任务,是工作。好歹这里都是列车到达,没一趟是出发。什么弄错时刻表、扳错道岔,或者司机太逊,误入这个奇妙的终点站,这里就不管三七二十一带过来——就这样。我呀,好恨自己不是J。只要脸像那小子,我立马就是大王啦……其他的家伙?你说其他跟我们一样从外面进来的家伙怎么样了?大都消失了。不知不觉中融入了这里的家伙,一副原本生在这里的样子。只有这样子吧?没有循原路返回的列车。所以只能待在这里。与其等待不出现的列车,不如当作原本就属这里的人,会轻松吧?不是不是,其实呀,不是'不出现',列车从车站大模大样出来。可是,我们没有那个N·P不是?就像你被抓一样,在检票处要被扣下来。就算你厉害,潜入列车,马上会被发现,落得个绞刑。有没有人安全返回原来的世界,谁也不知道。没人告诉你。所以,当不成J的我,不想被美国大人抓走,也不跟住在这里的旧日本人打打闹闹,乖乖待着而已。不过呀,你不一样。你总算是大王驾到啦。不过呀(男子的脑袋离开靠着的墙壁,挨近我的脸,用看守听不见的声音说话),似乎J那小子,原本就不是这里出生的。简言之,传说乘列车来的我们这种救助,头一号就那小子。听说生病的老娘呀,制服呀,工厂呀之类的吧?连那些也是后来的家伙给接上去的尾巴,实际上J是个来历不明的外来人。拼命敲诈他的,并不是美国大人,而是这里的家伙,最后他投了河……那么说,原本那种家伙就是没影的……"

"我也觉得是。那种东西,肯定是后世的虚构。写了一些非从原本的日本过来的人就不明白的东西。实在是很奇怪的手记——"

醉酒男子突然像原先那样头靠着墙,闭上眼睛,此时看守已来到身边,在我耳边说:

"他看似活着,但其实是幽灵。"

"啊?"

"真的。这家伙把挣的钱都扔进酒里,最终死掉了。所以什么也不干,能每天一整天在这里睡觉。他是忘记了日本人的魂,只剩下躯体的幽灵。"

居住区里的车辆,全都以沙尘为燃料。制动器是被踏碎的时间的哀鸣。只有时间,在任何地方都成堆,像蚂蚁似的。小鸟分不清脑袋和尾翼,变成只是翼翅的生物,冲破看不见的阻碍飞走。女人们嘴唇干透了,但男人们打破干燥,进入到女人里面的尽头的尽头,看见了婴儿的身影。然而,看守说道,人口本身不足三百,没有大的增长。

"居住区的卫生状况和粮食情况一直在变坏。孩子死亡并不鲜见。年青一代也必须去打仗。"

"是服兵役吗?"

"是志愿的。当了兵,比在这里工作多拿几倍的钱。因为居住区外没有其他工作,所以这边只能送出去。这样去打仗回来的话,功劳特别大的,取得日本人的资格——那也只不过是假冒的日本人而已。也有人不回居住区了。我可是不一样的。"

"你也是?你曾被送上最前线吗?"

"不是战场,是国内。我使用通信机,像是与分不清敌友、名字也隐藏起来的国家联系,交易一定的金额。那些数字是不是金额,我也不清楚。作为政府,是不想我们知道战争内幕的吧。"

"你返回居住区前,被封口说不准说听见这个、看见那个了吗?"

"完全没有。我只是在机械跟前,与不见面的、无言的对手交换数字而已。要说听见了什么、看见了什么,也就能回答听见了机械的声音、看见了机械的模样。要问上过战场的人,也就回答跟看不见脸的敌人对射而已吧。"

"具体来说,现在的日本跟哪个国家的什么人、在什么地方、进行着怎样的战争?"

"知道的是,进行着战争。政府只发表公告说,进行着战争。"

城市的四面之中,北面被山遮挡了。常青树的尖梢,以金属箭镞的冰凉,高高地聚成一片,仿佛从古代起就一支也没干枯、一支也没倒下过。教堂是城市和山的分界。它在我转悠的范围内。看守陪着我,每天踏足教堂后成扇状展开的、略高的墓地。墓碑中,既有清晰的十字架,也有跟佛寺之物差不多的长方形,以及埋入地下的,等等。处处可见供品和花,但墓碑大多被杂草覆盖,一旁的树木在碑上投下奇特的枝条影子,铭刻文字的凹痕里有虫巢。有仅拳头大的很小的石头,只为保住一小块地面,没有墓碑,仅仅在插花座上插上干枯的花茎。整块墓地如缓缓起伏的波浪,坟墓在波峰和波谷之间静悄悄。某高处立有十字架,近旁略低洼处并排着好几块墓碑,以为就此中止,但前面又有了。其宽度从一头走到另一头不到十五分钟,却挺复杂。与街市不同,没有整齐的道路。无论多小、多不正规,墓有墓的表达,抒发着声音、颜色、形状、气味,所以走动时感到脚被吸住似的;一直以来人们绕开坟墓走的地方,自然踩踏成路了。即便如此,草丛侵入至墓碑与墓碑之间小小的地方,更有甚者侵入至墓碑本身。往北绿色越发浓重,明显开始是山的一带,树木屹立如同哨兵,这回却是好几块墓碑侵入绿色中间了。

我每天寻找母亲的墓。我是要给母亲扫墓、写小说而搭乘电车来的,所以不管这里是不明不白的日本,还是旧日本人居住区,不该没有母亲的墓。我是母亲的儿子,是作家,既然打算扫墓、写小说,这里即便不是墓地,不是日本,甚至不是地面,而是海底或者其他天体的地面,也不应该没有母亲的墓。我一个一个仔细辨认。今天决定到此为止,第二天从这里接着往下辨认,边探索边小心不做重复劳动。

然而,认定今天看完了这一列,第二天读对面的一列时,本是第一次读的名字,却感觉是昨天读过的。试试读昨天的一列,却感觉完全新鲜。又回到对面的一列时,果然是头一次读的——变成诸如此类的情况。另外,认为已仔细确认过的草丛或树荫处,发现了意想不到的墓碑。更令人不解的是,分别是河流、山崖、沼地、山的四面,比起昨日所见,或沼地远去了,或山崖更宽阔,昨天还走过呢。当然这只能是过分的感觉,那么,为什么会发生这样的错觉呢?以什么为标准,感觉沼地或树木移动了呢?与什么比?跟昨天为止比吗？如果记忆中的昨日的墓地的情景与今天的墓地不吻合，那么把半天或一天前称之为昨天真的没问题吗？那样的昨天，只是对于我和墓地而已。

那里没有母亲。不仅此刻眼前没有母亲的墓碑，一天前也没有。有母亲的昨日是好几年前、在墓地将母亲下葬的日子。母亲在那里，同时也不在的日子。真正的昨日。即便与一天前不同，却明确的昨日。要回想起在明确无误的昨日、将母亲下葬的是这块墓地，只能把墓碑找出来。然而，看守一边寸步不离地跟着我，一边说道：

"很抱歉，找不到吧？这里不是你了解的日本。你好歹清醒清醒好吗？"

"我很清醒。清醒得自己有点怕了。就像出生以来从没睡过觉一样。"

看守露出同情的表情：

"那可就跟一直沉睡没两样了。不管你是睡着还是醒着，你应该接受这个现实，继承J的遗志。"

"我醒着，完全醒了。我不管别人的什么遗志。找到母亲的墓、写小说，对我来说，比你们的问题重要得多。"

"你那么说真该遭报应！光荣地接受J在手记里预言的、自己的立场，才是一个真正的日本人吧？你是获选的人物。是奇迹般的人物。你本身是一个奇迹。你所有的行为都是奇迹。必须是这样的。"

"要说我的行为,是扫墓和小说。我想找到墓,也需要纸和铅笔。"

"开口闭口'小说、小说'。你一个获选的人物,抱着毫无用处的东西死也不放,不觉得羞耻吗?对日本的现状不理不睬?"

我过夜的教堂在本该有十字架和圣母子像的地方,悬挂着那张巨大的肖像画,所以,难说是地道的教堂。连神父也没有,跟我所祈求纸笔一样,在这里也找不到信仰。人们似乎单纯地把教堂看作反政府的据点。连日集会取代了礼拜和布道。教堂上空仍回荡着昨日的讨论,今天又众声喧哗,空间里言论充沛,无处可去,我却听不到任何可接受的结论。讨论的主题,反反复复集中于必须与日本各地居住区居民携手,站出来与政府对抗,别无他路。几个表达谨慎的意见,被驱逐到教堂的角落,一起起义的情绪甚为高涨。但是,难得高涨的热情,却找不到出口,仍旧回荡在天花板而已。据我的看守说,并非一直以来就是这样子,而是他们获得J实现复生的消息之后,情绪高涨;不仅仅在这里,信息已经传遍了整个日本的居住区,同胞们都要站起来了。

在广场,得听首相的演说;回到教堂,居民们热烈讨论,我烦透了。

"我明白啦。在这里的日本,以首相为首的所有人士,都在发出一碰就烫伤的、热辣辣的言辞啊。可这完全不是民主的氛围。我问一下:我误入这里的事,是如何让全国居住区知道的呢? 不好意思,我看不到你们拥有实用的通信手段。"

"是之前说过的内线。进入了对方的军部。"

"那位内线是女性吗?"

看守沉默。

"哦,无所谓啦。与其说这个,能求你给我纸和铅笔吗?"

"语言和文字能起什么作用? 正因为依赖于那些东西,你们艺术家就让人家瞧不起,最终给你一个许可制,你只能赞美政府,不是吗?"

"可你们不也只是天天嘴巴上讨论、聊得热火朝天而已吗?"

这样的对话是我抵达O町后第几天的事情呢? 我们在墓地前聊的声音,被别处传来的喇叭声打断了。像吹奏乐的婴儿声,隐隐约约。感觉像断气前的人吹的,但没想过这预测会对。看守表现出没见过的紧张感,加上他锐利的目光;他拉起我的手就走。

"去哪里?"

"河边。原来就觉得会有的吧。一定是因为你出现了。"

"有什么?"

"处死犯人。有思想准备吗?"

居住区南端的桥边,围了好几重的人墙;我们来到时,又吹响了喇叭。人们或指点着桥的方向,或合掌战栗着,或抱着胳膊、事不关己地聊天;其中也有轻轻摇头离去的人。他们看见我的脸,都吃惊地让开路,但不是看见J复生的眼神,而是要跟我保持距离的意思。看守原本的职责是防止我逃走,似乎此刻反而要保护我了。他一只胳膊搂着我挤进人墙,在面前开阔处指点着桥。铁制而并非沙尘的军用车辆停在桥中心的位置。一旁栏杆的外侧,用绳索捆绑着一个男子,他戴着眼罩。站在内侧的士兵把一个小喇叭放在那男子嘴边,让他吹着。他的呼吸直接变成喇叭声,飘荡在空中,悠悠地传到了这里。

"被判处死刑者,必须这样吹喇叭。这是一个信号,我们必须像听首相演说一样集合。意思要我们看好了。"

"因什么理由被这样对待呢？那是谁？"

"肯定是这个居住区的人，但会是谁呢？谁都一样吧。因为某种关系进入对面的人，或者稍微闯了红灯，或者无恶意地偶然盯了士兵的脸一眼，或者在禁止进入的高级店铺前走慢了一步半步，但其实都是假冒者们爱怎么说怎么说，无缘无故的情况……"

喇叭声停止了，眼罩拿下。是食堂的幽灵。他眼球和嘴唇的干燥似乎从岸边都能看见。颤抖的身体因为被绳索捆着，看似一条结草虫……我烦了自己的作家感觉，把他人的危机作为单纯的比喻，挺过分的。挥去脑子里的结草虫，我再看桥上。

不戴帽子的男人的脖子上套着绳索，另一头绑上栏杆。他发出了悲鸣或强忍悲鸣的、沉重的呼吸声。随即，士兵两手推男子的后背。男子右脚朝空中迈出一步，看起来明显是自愿地掉下去的。我事后想，作为活人的举动，那是很奇怪的。意料中地一步迈向虚空，全身飘浮，套着脖子的绳索一瞬间与掉下男子的身体没有任何关系，自由地飘动，但马上拉到头为一直线，套住男子脖子，使其身体停留于空中，好一会儿以腰为中心，几次大幅度屈曲，屈曲变小了，到了可称为振动的程度,再变为微动,与套住自己的绳索垂直。

据人们说,幽灵没有要紧事,却过了对岸,被巡视中的军人喝住、审问,因非法持有居住区居民没有的N·P,被抓捕判处死刑。关于他为何会有N·P,从哪里弄到的,或者原本就拥有,众说不一,没有确切的信息,我也没有特别的兴趣。绳索被割断,身体落水发出与幽灵不相符的沉重水声。等军队的车子开走了,好几个男人走下河堤,去找尸体。

晚上在教堂里,与其说吊唁,毋宁说是以议论为中心,公然表露对抗当今日本政府的态度。听得清的,都是怒吼和鼓掌。拼接起其间听见的、正常音域的声音,大体可得到以下的情况:首先如看守所说,时不时就有示众的死刑。然而并非定期的、无理由突如其来的。

"那个酒鬼呀,即便生活落拓不羁,却从没做过坏事情。肯定是军队无理拘捕最弱小的人。就这回是绝对说不通的。什么持有N·P,是捏造。"

欢声和鼓掌雷动,把以往天花板留存的议论驱散。

"为什么?怎么会成为这个样子?"

"是J啊,因为J复活了,所以那些家伙焦急了。如此过分,是迄今没有过的。"

"现在是真干的时候了吧？虽说我们做什么都敌他不过,但好歹 J 复活了呀。他们最怕这个。如果我们与各处居住区携起手来……"

我在我的——不,J 的肖像画旁坐下来,看着教堂里群情激昂。这时,看守特别殷勤地躬身对我说:"请您说几句吧。"我转过脸,想用只有看守一人能听见的声音反驳说"你别开玩笑了,作家要说的,不是在这种地方倾诉,请不要把我跟首相放在一起,我那玩意正常";但我转念一想,一个连纸笔都没有的作家,他的反驳与他要写的小说相比是多么无力,于是又把脸转向群众那边。我没挺身而出,而余下的议论也从前到后、角角落落,逐渐平息下来。看来也只能表示无能为力了,于是我说道:

"尽管大家有莫大的期待,但我说不了什么。多半吧,如果是我误入此地刺激了军队,导致今天的行刑,可见那位先生的死因是在我吧？大家没想法吗？怨恨我也是可以的。也有许多人,用看刚才桥上执行死刑的眼神看我。批评我的人能进这教堂吗？在悼念伙伴的地方,J 醒过来了？复活了？跟各处携手？仅仅因为我像 J 这一点？我从去世的人那里听说,作为你们思考根据的 J 发起的反叛——不如说是杀人事件,它本身是否是事实还不知道吧？非但如此，J原本并非待在这里的日本,应是像我这种误入进来的。说句你们最不想听的,甚至他是否存在都是疑问。所谓J是谁?在哪里?我作为不曾存在的英雄再生,被推出来反叛?那好吧。该怎么干?要把那些假冒日本人赶出日本列岛,怎样做才能驱逐他们?怎么杀死他们?用菜刀吗?像J的传说那样,用劈柴刀?或者用传统的日本刀?对方有军队。用历史和传统的利器,能夺取一辆装甲车吗?这里有军队吗?有游击队或抵抗运动吗?用什么取代绿色制服?怎么训练?能用武力夺回日本吗?可这些对我来说是无所谓的。夺回失去的日本,这对我真的、真的无所谓。我很生气,烦透了。我需要的不是名誉,不是要当有历史和传统的国家——日本的大英雄。假冒的日本政府也好,这个有传统的居住区也好,根本就不愿意给我必不可少的纸和铅笔。我就不明白,纸和铅笔为何那么可怕?还有墓地。没见过那么搞笑的墓场。昨天跟今天样子都不同,怎么找也找不到母亲的墓。我要的东西永远出不来,来的都是我无所谓的东西。日本怎么会变成这种国家呢?为何变成了写不成一篇小说、找不到一块墓碑的国家……"

之所以没了声音,是因为说话时留意到的几种情况激化了。首先,看见自己的话在空中虚飘。不能抵达挤满的人群的某一人处,迷失去路散乱了,无的放矢。连从桥上落到河中的分量都没有,轻轻浮着。

其次,似乎教堂外发生的骚动扩大了。人们时而跑来跑去,时而在远处叫嚷,不一会儿,圈子似乎急速收紧,靠近过来;教堂的门打开了。外面聚集着进不了教堂的人,详细情况迅速传遍了教堂里的每一人:"是那些家伙,终于开始了。让他们得了先手,无路可逃,被封锁了哇……"

"军队在桥对面出现了!"一个称得上明亮的声音传来。

四周已全黑下来了,从没有强照明的居住区之所以能看见桥和河面,是因为对岸打开了一排泛光照明灯。一个个细波微澜映在光里,川流不息。居住区的人们排成一长列站满河边,形成了人的河堤。这里即将开始的,比白天行刑要更严重,我似乎还是原因。对岸不时有人影快速移动,似乎在布置阵型。照明灯背后究竟布置了多少人?桥上空无一人。

这一边预备了斧头、镰刀、锄头、大铁桶、火焰瓶、货斗装满石头的小型货车、角铁、沙袋等,不知从哪里弄来的像是步枪的东西,也不知道能否正常射击。见我吃惊,看守得意地说：

"一直在准备战斗。"

"只有这样的武器吗？"

"武器不过是武器。最为重要的是民族的鲜血和生命。"

我不大明白这话的意思。看守说着莫名其妙的话，锐利的目光更加闪耀。没有意义，我感觉到。越纯粹，越没有意义。

因为周围喧哗，回头看去，见对岸有了与原来不同的动静：一名士兵小跑着上桥，在大约白天行刑处停下来。挂在他肩头的扩音器发出类似自动翻译机的日语：

"给你们时间。如果交出T，那就与居住区不相干。等到黎明。"

只说了这些，他就跟来时一样，小跑着返回了。

烦透了。即便接下来照军队的命令被交给对岸，或作为复活的J不得不参与居住区的抵抗，我的人生也从没这么烦恼。在这一边，开始谈论起如何应付军队的要求，至黎明前的时间怎么使用。从一开始就排除了舍弃我的选择，大多数意见是与其这样等待不如开战。看守让大家安静，对我说道：

"情况正如您听到的,请做出最后判断吧。"

"这说法既粗暴,又卑怯吧?虽然这时实在不好唱反调。不过假如还是要我说,那我就说一下吧。以各位手上的原始武器,不可能与军队作战。即便有了相匹敌的武器,即便有充分的思想准备为民族命运一搏,还是避免与军队为敌的事态为好。我想问,军队以这种方式施加压力,是头一次吧?"

"迄今没有过这么霸道的做法。我重复说一下:因为这是你出现后敌人焦急的证据,所以作为我们,应该把这当作反守为攻的机会——"

"我真是烦透了。我想溜呢。如果我早点离开这里,这里也就像往常一样安静了。"

"安静?那种东西,不过是假和平而已。对于我们真日本人来说,和平只是冒牌货,恢复真日本人面貌的时候来到了。"

鼓掌和欢呼。

"请等一下。如果说,这种事态属首次,那么是否该问问对方:为什么要这样行动?为什么想要我这个人?"

"你也明白,到这个地步了,不可能有谈判交涉之类了吧?只有战斗,别无其他路子。"

"即便不是谈判交涉这么正式,和对方交谈一下也不可能吗?因为对方说了要交出我,就往好一点的方向……"

人群外侧发生了新的骚动,好几支手电筒跑过来。

"是暗算。过来看看吧。"

人们跟着引路者跑起来,我没办法也一起跑了。心想,为什么要在这种地方跑呢?从马路隔着墓地来到仰望北山的地点,脚步声一齐停下了,取而代之是喘息、叹气。

夜空之下的山,各黑暗处都设置了和河对岸同样的那种泛光照明灯。据说不仅是北面,敌方在西面崖下和东面沼地也设置了。

人们为了得出答案,尽可能一起挤进了教堂。然而,答案似乎已经决定了——

"商谈是不行的。"

"只能干一家伙。"

"注定总有这么一天的。"

异口同声对我而来。人们的眼神是真切的,所以我感到害怕。看守的眼神,也仿佛要将视界里的一切撕开。

"只能当机立断了。"

"请等一等。要慎重行事。各位,对方说,得交出我。

只要我满足他们的要求,也许就有路子了。如果我们拖到天亮,受到四面夹攻,那就完了。"

看守略微低下视线。他显然是在作为J复活的我和大家之间迟疑不定。

其实,此时的我只考虑如何逃脱。虽然没有明确的做法,但无论如何首先得迈过这道坎。像自己所说,照这样下去,我要么跟居住区的人一起被捕,要么弄不好连命都没了。只是在居住区方面看来,即便按照要求将我引渡给对岸,军队也未必如约解除包围圈。相反,如果去除了被尊为J转世再生的、麻烦的人,居住区的战斗意志就下降了,所以就简单地拼了。不管是去是留,这里遭受攻击的可能性甚大。另一方面,听教堂里的讨论,应该不会接受军队的要求。这样的话,只有寻机脱离这里,强行过河了吧……

我盘算着,烦极了。向军队求助如何?不能保证那些家伙会放我一条生路。首先是怎么逃出这里吧。

大家的讨论趋向结论了,又从头再来,都是纸上谈兵,一种主张咬住另一种主张的尾巴,可它也被咬住。不过,除了占大部分的军队先动手打出去的呼声,以下的声音也出现了——

照军队说的,且引渡过去看看如何?几个持这种意见的人似乎看出了我的预想,摆出他们的思路:无论是拖下去,还是引渡过去,都不知道军队将如何出招,既如此,应尽量做有可能性的选择。主攻派对此坚决反对,又因是多数派,挺吓人的,感觉有点过于猛烈。当中甚至有说,主张引渡者是被军队收买了,是叛徒,必须以我们的手惩治。一名年约十五的少年,把我也读过其手记的J事件来个事无巨细、声泪俱下的重现,喋喋不休指责引渡派是如何践踏日本的历史。幼稚的脸庞在夜间教堂的昏暗光线中,是那么勇敢、悲壮。也就是说,此时我又烦透了,完全没有了逃离此地的心情。几乎可以说,我都疯掉了。因为过对岸去,也许还有某些可能性,可我却决定了留在这里。我不知不觉就代表了居住区;大掏心窝子的少年,一心要扛起不知还有没有的居住区的未来;还有不明真相的J的事件。管它是真实的,还是虚构的,既非一下子找到了母亲的坟墓,也不是我已蔫了的指头长出了铅笔。我得到的,就是此刻这种状况而已。我只拥有我自己。另一方面,这里的人们就像那个喋喋不休的少年,明显抱着自己的存在以外的、虚实不分的故事,死活要我在这故事里登场。

既然这样,我也只有描绘另一个故事,以推翻这个只让我困惑的故事吧?还有比此刻更需要发挥作家本分的吗?

既然不喜欢周围人擅自策划、推动的故事,那就自己动手弄一个故事,与之对抗吧?

少年说完,群情更加高涨,大家轮着喝酒,甚至有人向我和身后的J的肖像画亮出武器。口号和呐喊此起彼伏,变成了声音的群众跑出外面去。看守不说话了。从教堂外传来人们的粗重的喘息声和脚步声。金属和金属摩擦的声音。裸露的地面承受这一切,发出沉静而高纯度的回响。期待逃亡的狂想在我心中已经消失,似乎作为不可回头的行动向人们抛撒。紧迫的脚步声追上了自己内心被点燃的狂热和速度,加速了行动。事到如今,我自己觉得不会被引渡给桥对岸了。

正烦闷时,母亲的形象浮现出来。是自己呼唤的,却感觉自己的意志根源于母亲。我内部最深处、无论多么小心翼翼切开都绝对看不见的部分,实感到自己是母亲生下来的。母亲什么也不说。要想象声音,也没有任何声响。然而母亲说过的话,在我身上、以我的声音涌现出来。发出声音。由声音制作话语。许许多多踩也踩不烂的话语。摆弄语言可得到有趣的东西……

"你怎么啦?"

看守窥探我的神色,我猛地回过神来,脑子里要在纸上写字的手指头停下了。

"哦,脑子里的东西有点痒。"

"脑子里的、东西?"

"作家这种软弱的人,会有这种情况。我问一下:你说的内线,大约有几个?我们的人在那边,那对岸也有人在这边吧?那个醉鬼不会是上人家内线的当,被干掉的吧?比如说,我跟那个人在食堂说话时,感觉旁边是你一个人……据说你当过士兵,那时究竟被灌输了什么——"

门口骚动起来。

"说是要协商。"

"引渡就不行!"

"让我们听好,不是引渡,是协商。有车子来到了桥中心。说是一对一的协商,为了避免大动干戈。"

"你小子那么高兴干什么?"

"来了个挺有趣的哩。那家伙呀,说不用英语也不要翻译,是日语对日语协商。"

"那有趣的家伙究竟是谁?"

"女的。"

想用手电筒或火把从岸边照亮桥上,但停在桥中心的

军用吉普车装备泛光照明灯,它发出的强光完全压过了我方微弱的光。背着光成为黑影的女子说道:

"把T送到这里来。我们在车里协商。这是好不容易才争取到司令部同意的。"

从聚集在桥旁的人群中,刚才冒出一声喊:肯定是圈套!当我们死心眼啊?但不单是男人,连女人都感觉得到,对一个操一口流利日语、作为敌人出现的女子,那是夹杂发情的声音。白天行刑时,大家不是摇头就是背过脸去,但此刻都紧盯着女子身影。

我想起了:母亲最终一点也没教我怎么跟女孩子搭讪,就像没教我蹲踞式起跑和打架一样。那对于男人而言,不是至关重要的,得集中于汇集语言而成有趣的东西。所以,在这个场面,我要使用语言行动。

我做一个深呼吸,对望着桥上车子的人们说:

"我要上桥过去车子那里。"周围一下炸开,随即静下来。"我之前在驻地见过那位女子。她跟我们一样,是个日本女人。所谓内线,是指她吧?总而言之,因为对方说要协商,不接受不合算。大家想想看,最初只是要求引渡,现在特地来到桥上。对方跟你们说的一样,很焦急,对吧?奇怪的是,对方也高估我了,这和这边的人相信我是J的转世再生一样,或者更甚。怎么样,听我的吧?我在这里的话,无法打开局面。因为对方正焦急,如果我不去,随着天亮,不知道他们会使出什么手段。先说明一下:我并不是相信那个女子。因为我好歹是个作家,我先来理解一番她那些也许不能相信的话吧。"

妈妈,这样可以吧?比语言重要的、比摆弄语言得到有趣东西重要的,不会有吧?

"大家认同我的想法,那就太好了。"

这时,看守也对众人说:

"现在就听他一回,怎么样?"

他肯定是内线,说这话是要把我交出去,但太感谢了。

我过了桥。也许不能说"过了",只到桥中心车停处。那么,如果被车载上开到对岸去,怎么办?

因为泛光照明灯晃眼,我低头侧着脸,不看光亮处,听着脚步声往光亮处走去。光亮散播到桥外侧,河面微微起波澜,闪闪亮。行刑的绳索已经收拾好,但正好车子所在的桥面下方,那醉鬼现在仍被无形的绳子悬吊着。理所当然的,因为是幽灵嘛。我有点悲伤,产生一种奇异的感觉。

车篷打开,里面是一名女子。剪齐的头发。绿色的衣服。然而,我之所以没有马上坐上邻席,既不是因为迟疑不决是否向女子求助,不返回居住区去;也不是因为我面对车内灯光中浮现的女子亢奋了。女子的邻席一定有机关,坐下的瞬间会被捆住,只有女子迅速脱身,我被炸药炸飞……连车子一起……说起连车子被炸断气,是那部电影。母亲看了的、我也在母亲腹中一起看了的、未开眼却看了的《教父》。迄今好几次想起、要想起的几个场面。女子的制服。电影里也有制服?在哪里车子一下子被刮跑了,在哪里制服……女子不知何故,用水灵灵的眼睛看着我说:

"请进。都来到这里了,有思想准备吧?"

被炸弹炸飞的思想准备?在科波拉的电影里,艾尔·帕西诺杀了想谋害(被打中的话,就啥话也说不了,马龙也就不必为念台词劳烦别人!)父亲堂·维托·柯里昂的敌人。杀人之后的事情呢,就只有逃了。像J那样被捕被杀之前,必须躲得远远的。于是迈克尔就逃往柯里昂的起源西西里,邂逅名叫阿波罗妮亚的女子,结了婚。但因部下叛变,阿波罗妮亚因车子被安装了炸弹而殒命。以人类制造的炸药之力,可炸碎太阳神!

然而,至关重要的制服出现,是更早、比西西里的场面早很多的电影开头。当时的我被母亲腹部遮挡了,看不清;场景是迈克尔在妹妹康妮的婚礼上出现。如果母亲是与我父亲一起,这个电影开头就适合二人(其实是三人)观看吧。总之迈克尔也带了女友凯回家。然而,这个场面想来对我自身,比对任何人意义都要大。

——为什么?跟我不同,妈妈看得很清楚,对吧?在妹妹婚礼上,迈克尔一身军服出现!

迈克尔作为二战(想成为故事主人公的男人们的粗暴演出)的英雄,一身军服返回纽约。他是志愿参军,不是服兵役。因为他讨厌父亲和哥哥们不合法的、便服的生活方式——人称"匪帮""黑手党"。比起黑暗家族(我处于昏暗的腹中),穿上光鲜的制服,光明正大为国服务光彩得多。然而,最终哥哥、父亲相继去世,原不想继承的黑暗家业,他一身暗色西装便服继承了。无论国家或者国家定的制服多么帅,质地多么结实,国家的脸面如何堂而皇之,相反地,家族的微笑那么阴森,那么带火药味,即便自己心底里憎恶黑暗的血脉;可迈克尔自己就生在这种血脉中,就是说,人是妈生的,这一点没变。

——为什么想到这些事情?并不是因为要上车时,想起了西西里的炸弹。刮跑太阳神般的大事件,这车子没有。或者应该说,起了超过西西里的作用?迟疑之下,最终我在停在桥中心的汽车车篷下,与那黑发女子合二为一。实际情形,难说是所谓"性交"那种两情相悦的过程。

我正要坐下,打算来一番日语对话。女子扑了过来。她一边脱制服,脱黑色内衣,一边也脱下我的衣服(我自误入这个日本,在教堂洗过几次衬衣和牛仔裤)。她爱抚我,也要我爱抚她;因对快乐的期待和喘不过气,眼看要停却无法停;她把控着身体动作,对自己的立场和冲动做了忠实的辩白:

"你是日本人吧(感觉是所谓旧日本人的意思),这是日本男人的身体吧。没错,是身子、是身子(她把脸贴在我不大有块头的胸前),真正日本男人的身子。不可能公然这么做的,但有机会就做。那个酒鬼也试过,但没意思。所以让他完蛋。"

"啊,那我要被同样对待吗?"

"看你的努力而定。"

"在居住区听说了内线的事,是说你吗?"

"不是为他们干的。是为了像现在这样子(她用手指揪我两边的乳头),要他们时不时送出日本男子的身体。跟居住区没多少交道好打。给一点点透露也无妨的信息,居住区的家伙们就喜出望外了。"

"我主动来这里的,不是被派来的。"

"不好说要送你给军队女人享用吧。"

"你说透露一点点,说'像J的男子误入'也是一点点的范围吗?那——哟,挺疼的。"

"我感觉很爽。说什么J复活,只是那些家伙的迷妄而已。对我们透露的像J的侵入者的信息,他们大为重视,若无其事地出现,把你带走。相信不可能的祖先传入的奇迹。——好舒服,再来再来。"

"复活吗?跟再世有什么区别?嗯,复活似乎指从坟墓复苏的耶稣,再世,准确说是复临吧。原指最后再一次登场的耶稣。要说是迷妄,也许是这个吧。我是作家,只想给母亲扫墓、写小说,只想要纸和铅笔。可却被两头扯,真是烦。——这样子(按住女子的肩使之不能往上脱开,下半身更深入女子内部)会更好吗?"

"好些了。我不大了解耶稣,总而言之,那些家伙们只能等待某些绝对不会发生的事情。焦躁不安。"

"你说'焦躁不安'?指居住区吗?指现在的我?"

"大体上是两者吧。那些家伙认识不了现状,死抱着旧日本不放。"

"你不是抱着我不放吗?"

"因为还会更爽的样子。那些家伙爱搞什么?——

呵,好舒服。别松劲,加油!"

"你们那边的美国裔日本人,搞得不爽吗?而且,你们那边也有一点跟我们一样的——怎么说呢?被叫作旧日本人的原先的日本人吧?——加油也有限度,我要不行了。"

"不准满不在乎!现在的日本人男人是挺优雅、强有力,但不能从根本之处满足我。还有,我们的同胞在现在的日本社会,政府和军队说什么听什么,就像个躯壳。像现在的你——对,对,就是……这……这样!"

"你说'这样',是这样子?——啊、啊、啊。"

"还要。别分开。是这样——子。是现在的这种感觉。没白人那么粗涩,体味也没那么大,不大不小恰到好处,顶起来很有劲——就这……感觉——这个、这个,对,这个。"

"你说'这个',是哪个呀?"

"这个、这个、这个——!"

"所以,喊'这个'也一样。"

"啊,不要!不要停!"

"我一动就会结束。"

"撒谎!这样子是性骚扰!"

"你自己动就好了嘛。"

"我想要舒服,为什么非要我动?不讲道理,应该你动。——啊,对,就这样动。"

女子下一句话出不来,因为直冲上高潮了。我这头也没出声,高潮已在眼前,一不留神已经通过了头顶,在另一侧滑落……

完事之后,我问女子,所谓"这样子""这种感觉"究竟是怎样的感觉,但没有回应。并非不省人事。毋宁说不像是刚完事,除了呼吸紊乱之外,没有特别大的变化。她表面上努力保持平静,不要让所谓"余韵"、体内的快乐之波逃逸到体外去。不久她呼吸平稳下来,脸上皮肤放松了,显出充分享乐后的满足,嘴里想说什么,但声音没出来。

"心情很好吧?尽情说了日语。哎,你跟居住区男人来这个,没关系吗?"

"没事。你迟早跟我一样,发誓效忠日本,到我们这边……"

"哎,得协商一下吧?"

"不是刚刚结束吗?谈得挺好。"

"我现在不想待在你那边。"

"随你便。不过,总有那么一天。"

"军队接下来要干什么?如果我不去你那边,军队就以J的转世再生留在居住区为借口;如果我去你那边,就除去了麻烦的J,事情好办了。出现任一种情况,都要攻击……吗?"

"下一次见面时,是作为日本人和旧日本人。今天这样的对话,再也不会有了吧。"

我下了车。车子倒回去,消失在对岸。

我返回桥旁,看守一人的声音大而低沉,似乎说出了全体群众的疑问:

"怎么样?协商?"

"协商过了。可是,很抱歉,没有结论。只是拿回对面的司令部,再次研究一下。"

一下子,从人堆里的每一个人,都传来了伴随着叹息的散乱的感想。然而,那是我的错觉。之所以觉得散乱,只是对我和女子协商的期待垮掉的声音;散乱的语言碎片,却只是鲁莽地、锐利且主动地一下子涌向尽头处的、原本无人问津的地方。人群步履沉重地返回教堂。教堂内部处处亮着灯,闹通宵的人们与黑暗紧贴我的身体,严格地保持沉默。

开头,能感受到教堂窗户截取的外景,在一点点确切无误地放弃黑暗无言的力,渐渐移向黎明的微动。其次鸟叫了。也许只是像鸟的某些东西,被正逃走的夜的衣裾卷住而叫唤,耳朵却无意识地要听鸟儿。我开始用看不见的铅笔,在看不见的纸上写,对我来说,这种程度的无意识完全不算什么。是的,因为没有纸和铅笔,为有朝一日写在真的纸上,用无形的笔在脑子里写——我决定,要以这种不知是真正的写,抑或最远离写的做法,来记录眼前发生的事情。

其次听见的,既不是鸟,也不是鸟以外的声音,也不是母亲的声音。管它是鸟非鸟,向来若不是母亲的声音,对我而言就是无所谓的动静,但耳朵竟然亲切地听见了教堂外的骚动。人们奔跑的声音,昨晚从桥上返回后,就时时传入耳中,但此刻听见的声音十分凌乱,随着凌乱,不安变大了。教堂内也紧张起来,马上传开了。人们开始出入。教堂内虽也预备了较小的刀具,但随后运入了大型的弓或者投石的弹射武器等。听见有声音说"带回去研究"或者"万一之时,打破窗户玻璃战斗!"。收集了可投掷的东西,诸如瓶子、砖瓦、坏机器的铁块等等。或堆在地板或靠着墙壁,不统一物体集聚成小山了,含泪的幽默。

远处传来钝响。持续着。感觉是巨大的脚步声。随即从另外的方向,持续响起好几下较之前短暂、干硬的声音。恐怕是被敌人追击而逃散的人们的叫喊,随着逐渐增多的炮击钝响清晰起来,被追到绝境的声音也大起来,随即切换为不祥的寂静,马上又变回混乱、健康的叫嚷。仅限在这里听见的、使用肉体和武器产生的音响,令人感到相互补足、彼此纠缠。根据来自各方面的信息,敌人在黎明的同时开始进攻居住区。可桥对面的、应是总队的一群人却无动静,北侧的山也安静,与之相对,东面沼地和西面山崖被一下子突破,好几个报告都说出现伤员。事态已经如此。

听了许多不妙的情况,我从 J 的肖像前的椅子上站了起来。我并非有明确的想法要说,而是因为既然外面有那么多人在骚动,我在这里干坐着似乎也不合适。四五家邻居闹火警的话,即便自己没事,也得去看看情况,这是面子上也要的。该说是意外还是理所当然呢?我以下的话没有满足大家。

"我觉得,事情发展至此,说什么都已经没有用了。即便对面的军队跟这边有那么一点点和平解决的意图,情况恶化至此,已经没有任何办法了。连我都很明白。不过,尽管如此,嗯,这个时刻,已经找不出任何可能性,所以,请让我说一句:也许现在起也不算太晚吧。也许根据我的方法行事,还是有出路的。老实说,我考虑过丢下这里的各位,自己去依附军队的(响起了轻轻的议论)。可是,我不能恩将仇报,而且对方说了加以研究……(有声音说'研究是骗人的！'。是指军队的女子骗人的意思吧。其实是我撒了谎！）此刻不妨把我交出去看看怎么样？也许没有用处，也许会有用。"

看守眼神里带着对我的同情和警惕，说道：

"你是真心话吗？"

"当然。"

"可是，除此之外不是还想别的东西吗？"

"对——"

"纸和铅笔。"

"完全正确。"

在他无奈的叹息和笑之间，我听出了：嘿，果然嘛，还在说，有完没完啊。

"挺对不起大家的，因为我是一个作家，即便这种时候，我也想好歹动笔写一写、描写一下这件事情。准确地说，虽然脑子里有看不见的纸和铅笔，与其说些看不见的，不如是看得见的为好。另外，已经都说了的，昨晚在桥上的协商，说不上是协商。我无法细致解释。我也有责任，陷入了对方的步调。所以，现在把我送出去也还……"

比迄今近得多的地方发出了很大声响，整个教堂震颤，从天花板或者壁面剥落的涂料薄片如雨点般降下，已经没有人望向我这边了,人们慌张地出入,门每次开关就从外面突入凄厉的惊叫,仿佛是门口本身在叫喊。进不了教堂的人本是同一方的,却言辞激烈起来,当中有人隔着门互相推搡,怒喊着"我要进去!""不行!"一片混乱。

每次报告到来,都更坏了。来自东西的攻击者人数与时俱增。本以为敌方总队在桥对面,但似乎对方认为区区一条小桥,即使不用大部队,也能轻易击退居住区居民过桥的企图,于是天亮前把人力转到别处去了。南北留下压迫性的军力,从本以为不宜进攻的沼地和山崖压迫居住区。伤员是和报告一起运来的,所以能动的人被赶出教堂,教堂内一片呻吟声和血腥味。与呻吟声恰成对照的是,管风琴沉默不语……

可是,在那个场面,管风琴是奏响的。电影的终局,已脱下了制服好一段时间的艾尔·帕西诺——不,是迈克尔·柯里昂,在外甥的受洗仪式上做了教父。场面当然是教堂,管风琴奏响,婴儿被洒了圣水。在这神圣、纯洁一刻的间隙,插入了杀手们遵照迈克尔的命令,一个一个杀掉黑手党敌人的场面。一名男子被封闭在回旋门内,一名男子在电梯要下降之时,还有另一名男子跟女人在床上。然而,枪声传不到婴儿处,这里只有庄严的管风琴。不许有其他声音。就因为枪声不是制服男,而是便服男发出的(有一名杀手假扮警官!)。应该传到纯洁人类的耳朵中的,只是真正穿制服的男子发射的枪声。在战争这一世界上任何地方都熟悉的领域,预备发射的蹲踞式起跑。从世界的观众席传来满不在乎战火纷飞的人类声援。管它大炮轰鸣、尸堆成山,只要穿着制服就不要紧(如果说男人们从父亲那里学会了打架,拥有肌肉、武器和铠甲,那你就带上语言吧……)。就说迈克尔一身军服亮相妹妹的婚礼时,是愉快开朗的面容。到后来呢?要做外甥教父这一快乐的角色时,神色严峻。那种紧张,是担心神看穿了杀手们执行他命令的行动吧,担心婴儿听见了枪声吧,想战胜恐惧吧。如果是穿制服的杀生,肯定得到神的认可。就因为迈克尔没穿制服,他在神面前非那么紧张不可。在穿制服作战的世界大战上是英雄。穿便服打就是犯罪。穿制服打有战功。那位黑发女子取得过什么战功呢?我只要穿上制服,射出的每一滴精液,都作为英雄发射的子弹……

教堂出入口处发生了很大的骚动。是一群干涸、激昂、带着为性欲求所驱动的气息的人。还混杂着嘲弄的欢声。

一个双手被捆在身后的年轻敌兵被拖到座席中间的通道,他穿着制服,瘦高个,长腿。听来有性方面的气息,这似乎没错。之所以这样说,是因为周围围了一圈的居住区居民——当然没一个穿制服,全都对这个金发日本人瞠目而视,那紧迫的眼神只能认为是把他当作了性的对象。其中甚至有人半张着嘴,唾液亮闪闪。

"嘿,干他吧。"

"让他们知道,我们也不是净受欺负的。"

看来人们为自己的话所感动,加深了性方面的陶醉。我觉得,这是发挥我作为J的转世再生的力量的时刻,但是,与其说想拯救这个年轻士兵,毋宁说是不希望看见在眼前行刑。在这种感觉的推动下,我站了起来,说道:

"等一等。杀害无力抵抗的士兵,会很麻烦的。"

人们安静下来,空气中只听见敌兵的呼吸声。不久,有人说话:

"那你说怎么处理?"

"被窃取国家的家伙践踏至此,还必须沉默吗?你是J。是日本的光荣。是日本人中的日本人。只要是你的命令,无论多危险,无论多艰难,我们都打算去做。"

所有人一齐点头,我烦死了。这种时候不烦死的话,很难受吧。迈克尔下了决心清除敌对势力的大人物,大概一点也不烦吧,也没有工夫感受什么烦死呀难受呀吧。然而,我不是艾尔·帕西诺。

"总而言之,我不允许杀害他。"

"看看情况就明白。没啥允许不允许。已经无能为力了。正在死亡。正在杀戮。"

"让他一个活下来没有意义。"

人们比之前更多、更深地点头。

"不一样。听我说:这个士兵是无力抵抗的。所以才这个样子出现在这里。杀害俘虏,从常识上说是不允许的。"

"再说一次,你是J。什么俘虏呀常识呀无所谓。这是日本,是日本人。"

"我们单方面受到攻击。为什么真正的日本人被假冒者攻击,非得忍气吞声不可?"

"请听好了:假如像你们说的,这一事态是单方面的——不,实际上是单方面的无疑,会有一种心情,要把想压垮自己的、假冒者中的一人作为血祭吧。也会觉得,事已至此,救下一名俘虏也没有意义了。但是,敌人不会这么想。虽是假冒者,既然是军队采取了行动,我们杀俘的话,不知道他们会怎么反击。那样的话,居住区就完了。"

"不是已经完了吗?"

这话让教堂沉默下来,没引起赞同。发言者上前。是昨天声泪俱下地诉说J事件的少年。他凝视的目光令人可怕。让人联想到刚掌握捕猎技术的年轻狐狸。

"已经完了嘛。"

"但是,杀掉他对这里的人不利。"

"那么,只要不杀就行了吧?"

"也不是做什么都行。处理得不好,后面就有麻烦。"

"不是直接折磨他。不揍他。只是让这小子跟我们一样而已。"

我捉摸不透他的意思,少年对身后几个同龄人说了话,随即他们动起了手,少年也只是看着。我明白他不是说话,而是下达命令。围着士兵的少年们互相看看,一齐扑向士兵。其他人围得更紧了,从我这里看不见士兵,只听到好几下英语的叫喊,就突然没了声音,变成了惊叫。少年们似乎仍在动作,随即传来了撕裂布料的声音,白色的肩头或腿脚伸出来又收回去。少年们看似用性方面的事取代殴打。

也许是圈子中心的少年们结束了行动,周围的人松开了包围圈。都能看见了。那士兵赤裸着白色身体。身上处处脏污,却反衬肌肤白得显眼。血色从底下支撑着白色。他仍被捆着双手。衣服被撕破扯掉了吧,他以遮挡下半身的姿势蹲着,侧腹的部分与瘦削的整个身子不相称,有两层松弛。臀部单薄。他的头抵着屈着的膝头,传出抽鼻子的声音。士兵哭泣,让我觉得闻到了某种人性的味道,甚至松了一口气。我期待哭泣声显著降低少年们身上可能有的性方面的欲求,另一方面又疑心会使欲求高涨。我该吩咐人为他盖点东西。可是我被赤裸的泪水震慑,出不了声音。士兵的肩骨因呼吸加颤抖而上下抖动,似要穿破皮肤,与之相连的脊柱像是浮雕,都屈着要守护腹中别的生命似的。让他身体僵住的,是耻辱唤起的愤怒吧。这不是从赤裸的泪水从从容容感受人性的时候。以士兵来看,被尊为J地位的我,是居住区里最难对付的人,是坐视这场凌辱的冷酷权力者、观察者吧。如果此刻教堂里没有别人,我们一对一的话,士兵会用被绑的双手掐死我吧。我该趁士兵身体未能完全取得平衡,甩开胳膊逃走吧。

另一方面,此时其他人正以又恨又怕的眼神,盯着颤抖哭泣的士兵的白色肌肤,翻查着剥下来的绿色制服。破烂的上截,和轻易脱下的下截。开头,我认为他们要拿制服代替士兵撒气,制服象征君临的敌人——假冒的日本人。我觉得这是憎恶的表现。然而,手拿制服的人们既没有再撕烂制服,也没有往地上摔打,而是看呆了。他们的手在抖,眼睛熠熠生辉。他们用手指头抚过布料表面,满足地屏息;又用手指捏弄纽扣,再屏息、呼气。他们像满足了性的憧憬似的,嘴巴没出息地张着。从手拿制服的人旁边,伸进来别的手,无言地、性急地触摸布料,手的主人也发出叹息,变成性快乐的眼神;这只手随即被下一只手取代。比起仍额头贴膝头的士兵的白色身体,制服更是教堂里趣味的中心。一直施虐于地道日本人的绿色布料,此刻在被虐者手中,被供奉为摸一下就有功德的、神的赐物。教堂获得了仅次于J肖像画和转世再生的我的圣体,一种悄悄的狂热。我见一旁的看守皱起眉头,对比着涌向制服的人们和我。我说道:

"不必太不开心啦。我要是这么说也许会伤及大家,但想知道一直压迫自己的对手的、代表假冒日本的衣服是怎么回事,跟想具体知道杀父仇人是什么家伙很相似。比起杀人强多了。"

看守似若有所思,默默低下头。他似乎已经觉察我没说出口的真心话。也就是说,人们以看性对象的眼神互相争夺制服,对必须敌视的制服抱着异样的羡慕。我对此是烦透了。制服本是假冒者的象征,他们却憧憬只要穿上它,便可自由走在自己祖先生活过的土地上。不,恐怕根子扭曲得更深。比起恢复日本或祖先的土地、名誉,这种历史的、民族的目标,是迫切的欲望。即便在假冒的日本那边,只要穿上它,就被认可为出色的日本人了吧。啊啊,管它是假的、真的,只要有这种制服好歹能自由生活了。不用被禁锢在这种居住区,轻松愉快,好想试一试,并且享受大家都穿制服的自由……

从许多人嘴里,发出新的感叹。一个掏士兵裤兜的男子,把一块巴掌大的银色牌牌举到头顶。他发现了与制服并称假冒的日本的证件N·P。从我身处的地方看去,那只是一块无意义的银色金属块,但它就像通往异世界的小窗口一样,被众人瞩目。与制服一样,它被一只发抖的手传给另一只手。在人们眼里,在N·P的对面,真能看见自由生活的世界。因为前往桥对面的区域并非绝对禁止,只靠这一块金属牌就能过上以前见过的富裕的生活。也许感觉这是现实与奇迹的美妙结合吧。

亮晃晃的N·P比制服更适合作为新的圣体。它在教堂里移动,四处闪耀之后,和被人们揉得皱巴巴的制服、其原物主——现已被夺去随身袋子的士兵一道,被移送教堂外。下达了一连串命令的少年走过来,他可能为士兵、制服、N·P这一过程而兴奋吧,控制着耸动的肩头,说道:

"没杀他嘛。"

"不是说,在这里没杀,就可以在别处杀的。"

"所以我不杀他。我要让他当众出丑。"

"别刺激敌人为好。"

"这样说是错的。因为互相刺激,所以打了起来。"

"既然是这样,应该停止那种刺激。"

"那就等于不抵抗、任由杀戮。那家伙因为不抵抗,有可能被我们杀掉,可我们没杀,不过拿他当猴耍,我们要继续刺激。"

少年看似脑瓜子挺好使,大家认真听他说。我注视着士兵被带走,门又关上,打算通过对这场景做另一番想象,渡过这一关——赤裸的士兵没被杀,但恐怕出够洋相之后,如果真还活着,会被敌方夺回吧。然后就再穿上新的制服。对面的日本人不管是工作日还是休息日都穿着制服,也就是没有便服吗?那么说,刚才士兵被剥下制服时,一晃眼看见了黑色内裤似的东西。那个女的也是黑色内裤,也许这些也包括在制服里面,为了让国民团结战斗。也许是对国家忠诚的表现。

为国效力、参加了世界大战的迈克尔·柯里昂要脱掉制服,为家族效力。要杀掉企图谋害父亲的敌人。他要做穿便服的狙击手，而不是穿制服的英雄。维护家族，就这样通往邪恶之路。如果父亲没被袭击，他就不会继承自己不喜欢的黑暗家业，度过为国效力的人生吗？

那个赤裸的年轻士兵也有家庭吧。在现在的日本，穿绿色制服为国效力，也就是为了家庭。赤裸的身体重披制服，返回家中，不必脱制服即与家人重新开始生活。如果由父母或者某位兄弟暂且换穿呢？——绝对不说没有意义的话。半天前还用正确地扣扳机的手指轻快地抚摸过妹妹的脑袋。那里头，就不存在迈克尔年轻时的烦恼——国家不同于家族。为公？为私？没有那么烦人的区别。国家也就是家族。由绿色制服统一至每个角落的、家族性的国家……

一发一发的炮击变成一步一步的脚步声靠近了。然而，教堂里头没有余下容纳更多人的空间。快进去、挤一挤！——里头满了！——外面不行了！往外逃反而好吧！——怎么可能！众声喧哗，得不出任何答案。炮击的脚步声一停，传来真正的脚步声和短小的枪声。我想，会死吗？下一个瞬间真的就……每次一想就身体僵硬，但仍活着，死亡的预感接二连三，躲不完似的接踵而至。烦透了。怎么会这样子？为何不是母亲的墓，尽是莫名其妙的日本？

我趁着烦,扒开颤抖的空气,把语言——既不是利箭或子弹,也不是绝望的叹息——泼向看守(不知什么语言有意义、什么语言都只能得到无意义):

"我又说这种话,你们肯定很烦吧。但我不说不行,那就说吧:现在这里的所见所闻,我都会写下来的。尽管不知道写下来有什么意义。因为做了这样并非宣言的宣言,敌人不会停止攻击,盟友也不会增加反击。非但如此,极端地说,甚至连使恶劣的情况更坏的力量都没有,如果实际上变坏了,绝非我言语的力量。我的语言,丝毫不能影响现实。充其量也只能够让你的眼神那样地越发锐利、黑暗而已。不必勉强抬起视线。包括现在你的眼神,从我们见面之后到现在,你一次也没有不诚实过。尽管我说一切都莫名其妙,但对于居住在这里的人,我略感歉意。突然间进入了这个世界,恰巧与这个国家的英雄相像,却完全没那种感觉,一提工作就要求纸和铅笔,反反复复,让大家不快。即便有其原因,而且,即便没打算撤回自己的想法,还是觉得对不起大家。对了,最不好意思的嘛,我觉得已经暴露了,在说这些的此刻,也——"

看守带着诚实的笑脸,说道:

"纸和铅笔。"

"很抱歉。"

"是我们很抱歉,直到最后的最后,也没能满足你的愿望。"

"到最后的最后,也没出息。"

"我真的很惊讶你像J。那些手记、J本身,就像你认为的……"

"你也不容易啊。"

巨大的声光一起到来。自己的话在轰响之下星散。我搜肠刮肚,还想说点什么。想把下一句话写在脑子里看不见的纸上。然而,到处都没有语言,四下里冒出恐惧的叫声,人们只是逃窜而已。有人拉住我的手,不知是不是看守。我要被拽下讲坛。大的炮击。教堂大幅度摇晃,仿佛自己在动;身后挂的J的肖像画也颤动起来。我应该是朝拉我的方向走下讲坛了。实际上,拉我的手放开了,不仅如此,确确实实有许多只手伸出来,要把想逃跑的我的身体推回讲坛上——眼看J就要倒下的地方。虽然只是几秒钟工夫,但人们的意思和行动很明白。是要过去的J和现代的J结合起来吗?相反地,是憎恨转世再生的J徒然引发与军队的战争却不顶任何用吗?或者不妨说,是从别的时空闯入这个教堂的精灵之手所为?

巨大的J毫不留情。它连框一起大幅度震动,然后以早上的太阳为背景,在正好与画作同一时辰发生的战斗中,对准自己下方与自己酷似的我,毫不犹豫地倒下来。

……被抬走?正在步行?身体在移动。视界为绿色制服所环绕。右肩膀的疼痛又热又沉。剧痛之下身体总算在前进。踩踏着地面。用脚在走路。周围的绿色也在动。置身士兵的体温和虽粗却有规律的呼吸群中。虽是自己在步行,我却不能从制服群里往外迈出一步。

外面?我是要从哪里外出、搭乘列车前往O町的吧。即便给母亲扫墓和应写的小说属于外部,以我的脚找到墓、以我的手写成小说的话,最终岂不是一步也没有走出外面?绿色制服挡在眼前的,说不定就是我自己吧?创造出这个莫名其妙的日本的,是我的创作力,这里是自己写的小说的世界——这样一想,就什么都可以解释了。如果这是小说,母亲的坟墓早就找到了。在哪里?找了多少墓地,都没有发现母亲的墓碑,母亲的声音。母亲对我说的话。我出生那时的男人们,都想成为主人公……

又要稀薄下去的意识,因母亲告知的男人们的模样与眼前的制服重叠而变得明确起来。三岛由纪夫也好,巴纳巴斯也好,都想穿这个吗——是作为国家一员的证明,而不是私人的。脸看不见了,四肢也区别不了自己和他人,唯独绿色墙壁——变成它的一部分。抛弃自己,与其他众人融为一体。放下原本的自己,让自己与制服亲近友好,变成制服本身。

身体各部分的感觉清晰起来。绿色墙壁看似人的形状的汇集。虽然正用自己的脚走路,但两臂肯定被士兵们揪住了。不可能突破这道制服的栅栏返回教堂吧。教堂。倒下来的J的肖像。其他人、看守他们怎样了呢?首先,这是哪里、现在正往哪里走呢?我想回头确认身后,但手臂被死死按住。右臂剧痛。

"我受伤了。你们不知道吧,我得用右手握铅笔写小说。我不懂穿制服、拿枪有多威风,对于我来说,只有纸和铅笔……"

话语撞上了墙,掉落下来。高高的士兵们说着英语,只在我耳畔打转,不往耳朵里去。相反,压倒性的浓烈体臭扑鼻而来,深入至胸腔,以蜜糖的金色埋入体内。脚下拌蒜。士兵们脚步不放慢。从制服的间隙只看见制服。列队横排,肩上枪"咔嚓咔嚓"响着,跑来跑去。完全听不见日语。

在制服和英语的环绕中,看不见的纸和铅笔动起来,记述这个莫名其妙的事态;而记述行为本身把事态往前推进了。这个居住区里的战斗,教堂的破坏和抓人,此刻仿佛是我自己在写。满眼只有制服？只听得见英语？说是被卷入战斗,今后不知怎样而不安？振作起来,作家！不要捂住眼睛和耳朵,这是你正在写的世界。怕什么？作家的想象力那么贫乏吗？你的工作是运用纸和铅笔（看不见又如何?),这种程度的现实,轻易就把你打败了？搭车误入莫名其妙的日本;被剥夺扫墓和小说新作;一直没有纸和铅笔;被夹在穿制服并自称日本人一方,和死抱着根本不存在的英雄传说的旧日本人之间,进行着真实无疑的战斗,自己还被军队逮捕了。自己一直在这边、那边的日本之间移动,无望回到原来的日本——碰撞上这种程度的现实,一个作家就此搁笔吗？你头脑中的、母亲给予的肉体中的纸和铅笔,也就是说,你自己的肉体和记忆、时间的一切,不使用了？原本非要摆弄语言、获得有趣东西吧？

墙壁停止移动,视野打开了一点。是在电影院前面。我正想着,好几只手撕扯下我的衣服,头上套上了遮蔽物、视野被遮住期间,全身受到外侧的压迫。遮蔽物滑落,再次看见周围时,手脚完全动弹不得。似乎士兵们给我套上的,是颇硬的、从外束紧身体、使人失去自由的特殊皮革的衣服。颜色不用说,是那种最能证明日本人的绿色!我使足了劲,才使关节可稍稍弯曲。脖子几乎不能转动。感觉全身被收纳进塑料模型里了。被从后一推,我差一点向前扑倒,总算使劲站住了。腿脚被固定住,反而成了基础,也不怕上半身晃动了。又被推一下。似乎催促我进入电影院。斥责年轻士兵的严肃口吻。英语。浓重的气味。他们的衣服是执行任务用的?比以前在驻地所见的军人衣服贴身,伸缩自如。自己被紧束衣捆得动弹不得,较之天差地别,令人恼火。后背和腰部被轻推。看来对方十分清楚,太使劲的话,我就会向前倒。相反也明白穿紧束衣也能走路。脚上使劲。感觉如逆流行走,动作沉重,但确实向前走了。士兵们发出鼓劲似的声音。心想别使劲到动起来就好了,动过一次不再动的话,看来会惹麻烦,所以迈出下一步。这么笨拙还在动、还要动,与其说不可思议,不如说是奇怪。身子瘦,紧束衣厚且硬。贯彻我意志的手脚,花了比平时多好几倍的力气和时间,终于有了反应。稍不留神就完全动不了,如果动作中途松了劲,脚甚至会返回原来的位置;向前走时,身体与紧束衣的分界没有了;我甚至可以感受康复患者焦灼而顺利地拖着康复中的身体走动的、期盼的步伐。现实中,我抓住要领,不停顿地向前,登上了大门口那不高的石台阶,此时,连周围的士兵们都吹口哨、鼓掌,尽管骨子里明显是取笑我,但也有对我顽强精神的赞扬。我劲头来了。甚至紧束衣内侧积存的汗水的触感也很舒服。

然而,一具大塑料模型的行走和登石阶,只供士兵们短暂地消磨时间,随着网格玻璃粉碎、几乎垮下的门被打开,我被几只手抱起,搁在大厅墙边一张没有靠背、处处冒出弹簧、总算仍有部分坐垫的长椅子上坐着,腰膝内收弯曲。站着的时候,我强烈感觉身体自由被剥夺了,但硬皮革坐下来,也绝不是在休息,等同于被人使劲按住。

电影院完全被军队占据了。建筑物原本的功能还存在着的,只有一个士兵站在接待柜台内侧、以检票员方式检查出入者。明显是后来带进来的几张钢制桌子上,放置带有繁杂配线的通信器械。天花板上垂下的有规则的冰柱状装饰几乎都撕碎了,它的照明功能已被地板上如向日葵般立起的灯取代。这些灯只有照明功能。功能性也支配了士兵们。无从分辨是谁在取笑我在台阶上的苦行,他们是同样的绿色衣服,没有笑容。黑亮的军靴与紧束衣不同,与脚的形状、动作十分相配。手指翻动着纸张,在地图上划过,给予指示,在帽子或头盔的檐旁显示有力的敬礼。闪烁的、各种颜色的眼睛,接受对方的意思,传达作为士兵给对方的合理回应,拒绝除此之外的事情。

把士兵的意思、指示、命令最直接、合理地联系的,不用说,是英语。把美丽的书写体文字漂亮地有声化,这样的声响于我而言,是完全不能理解的不合理的东西。从嘴里口齿清楚地发射的意义不明的语言子弹,准确贯穿对方的耳朵了吧。这种对我来说不合理的语言,此刻压倒了居住区了吧。还有合理构筑的桥南侧,排除了人类合理性的三个地形——山、沼地、山崖上面,也都英语满天飞吧。对我而言不合理、对士兵们而言合理的英语,带着走向胜利的军威,伴随特有的爽朗且有点庸俗的笑容。

然而,我在这个电影院里,头一次看见了不合理的东西。是因为我脖子不好动,眼睛好不容易才捕捉到,才那么觉得吗?

一张纸。但是,它与桌面上忠实于灵敏的手指头的文件、地图完全不一样。在贴墙的长椅子前头、厕所的前面,在黑色军靴相错而过的地板上,掉落了一页笔记本大小的白纸。最初看不出是纸。一角明显有鞋印子,但因为这阵子没看过纸张吧,我以为是修好的地板被士兵踩过的痕迹。

军靴从旁通过。疾步如风,把它白色的四角掀动一下,又静下来。两个士兵好像等着似的,边聊边走来。一个踩了上去。那张纸黏在鞋底，翻了个底朝天。虽然全弄脏了，但上面什么也没写。踩踏的士兵和没踩上的士兵一样，没察觉一瞬间黏上鞋的纸张，走过去了。好几个人走过来，有的踩上了，有的没踩上。没有一个士兵意识到那张纸。不久，鞋印子重重叠叠，整张纸脏污成茶色。

管它脏不脏，都能写。写就好。然而，写什么？写什么？既然没找到坟墓，从何谈起？——什么都没有？假如有纸，假如找不到坟墓，假如不知道写什么好，写就是了。怎么说，这也是纸啊。啥也不做，它就是纸而已；写下了文字、语言的话，就是纸以外的东西，成了使用过语言的、有趣的东西。即便是找不到的、放弃了的坟墓，也许用铅笔在纸上能发现。

"你去解个手吧。"

清晰的日语。那位黑发女子不知何时出现了，说道：

"往下一段时间，你什么也不能做。之前有人穿这个时，神志不清失禁了。这衣服是特殊制作的，很难清洗。所以，趁现在吧。"

"可以想解手时再申请吗？"

"要把你放逐到你也许不想做也得做的地方。"

女子的日语不像在车上兴致大发时喘不过气、断断续续。她轻松自如,冷冰冰。我脑子里带着"要把你放逐"的话音,被士兵们拉起来,不得不走向厕所那边。纸还在地上。脏污涂满了方形白色。我想避开不能去捡起来的纸,理由是虽然脏得什么都写不了,它仍是一张纸。然而紧束衣不听话,在被士兵们架着走之下,我天生弱质的腿脚,仿佛执行我的意志似的,明确无误地踩了纸。没有任何感觉。

在厕所入口被解开了紧束衣,我没产生逃的心思,小便完了,面对士兵们手上的紧束衣实在无可奈何,梦想一番纸和铅笔,用铅笔在看不见的纸上记述这番情景,自己主动地挤进了塑料模型里。

向长椅子的相反方向走,往里去;比刚才熟练些地活动皮革手脚,登上低石阶。

大厅与播放厅之间的门打开着,里头亮着灯。我们顺墙边往前,艰难地走在座席之间,在从前面数起第三排中间处,被揪住肩头停下,打开座位两侧的扶手,降低腰的位置,把我紧紧塞进去,仿佛再也不能离开座位了。

那女子站在最前排与银幕之间地板高起的一块,说道:

"有什么问题吗?不是永远都有机会问的,我能相当准确地回答你想问的事情。"

"挺亲切的。"

"像刚才说的,你接下来会被放逐,也许再也不能返回这边的世界。"

"假如可以离开这里,那就千万拜托了。"

"所谓从这里起,是说从现在你所见所闻所说的现状起。"

"是行刑吗?"

"不是杀人。我说了,是不能返回这边了。不过,我们虽然没有杀人的意图,不一定绝对不会死。"

"所以就特别仁慈,想问什么都行?"

女子展现不含言外之意的单纯笑脸:

"你真善解人意到令人于心不忍。所以你就选择了写小说这马马虎虎的道路吧?"

"像现在的日本作家们那样,得了国家的钦定文件再写作,就不是马马虎虎,而是正正规规了吧?你要我选这样的正正规规的道路吗?"

"在我国,艺术家不能选择。没有必要选择。连思考的必要也没有。他们是优秀的。不像你,既任性又心慈手软。至少不像你,把我的发言说成'仁慈'。"

"提问的权利还存在吗?"

女子点头快得几乎察觉不到,但也许只是显得那样。

"那我问一下,教堂怎么样了?应该是J的肖像画砸在我头上了……"

"那座建筑物的话,已经损坏了。你被倒下的画砸伤,因此而幸运获救了。因为画背面的加强木材硬度不太大,你得以扎破那画。如果是画框部分砸中你的话,就很危险了吧。就不知活下来算不算幸运了。"

"教堂里的人平安吗?"

自己的声音很懊恼,因为教堂破坏得如此严重,可以充分推测是怎样的结果。

"不是我直接指挥的。我听说是基本上全歼,但有你这样被画打到的人获救,也许还有逃掉的人吧。把你丢下了吧。"

"接下来会拿我怎么样呢?"

"你的问题本身就是目的,不是引导出答案的东西。"

"什么意思?"

"你即便听到了回答,也无可奈何了。因为不会有对你有利的回答了。"

女子低头思考着什么,脸两侧披散的黑发,成了阻挡周围声音进入耳朵的遮蔽板。我觉得,那是地道日本人的表情。而这一点,也跟感到她点头一样,是我个人觉得而已吧。我也不明白,哪些属地道日本人的。只是发现怀旧的日本样样好,但愿从昨晚的一夜情关系,女子和自己作为地道日本人之间可有深度联系,互相理解而已。

女子好不容易拿定主意,抬起脸,说道:

"挺为难的。必须对你显示仁慈。"

"太好了。以什么形式表示呢?"

"以对你的问题不能进一步回答的形式。"

令人吃惊的是,女子的眼睛很湿润。抽抽鼻子以防止溢出。

"你不愿意说的严重事态,要发生在我身上,对吧?"

"你犯了一个大错。是你自己过于仁慈了。记得吗?"

女子指示的,是斜后方的出入口;我脖子不能转动,非得等待脚步声和走近来的人影进入视界不可。

来人穿绿色制服出现,和女子保持长官与一等兵的距离后止步——是今早在教堂遭受裸身凌辱的那名年轻士兵。

"他对我说,命令不要使用暴力的,是J的转世再生的你。当然,他不明白旧日语,是从教堂内的气氛和你的腔调推测的。你是因为仁慈解救的吧?"

"不得杀害俘虏,像我这样马马虎虎的作家也知道这个常识吧?"

"你是说,只要不杀,做什么都行?仅仅剥衣服,就是非常屈辱的。而且是硬剥下我们必不可少的制服,是旨在打击作为日本人的名誉和自尊,不仅如此,必须指出,这种嘲弄是野蛮行为。但是,你犯下的最大错误,是没有杀了他。在这次战乱之中,一名士兵丧命,惨不忍睹,很平常。你利用了这件事,设法隐瞒了剥衣服的事实。可你却故意放他逃走,让我们从他嘴里听说野蛮行径,让他自己出丑。对于侮辱日本国的行为,我们不可能没有任何报复行动。"

"把人的死亡视为很平常,究竟是什么感觉?"

"得有'惨不忍睹'的前提。是你错以为,很平常的事情就不惨烈吧。这是所谓J的转世再生者的思维呢。"

"我不是谁的再生,区区一个作家而已。"

"所谓艺术家就是如此软弱、不能客观的动物吗。无论你是谁、主张什么,从旧日本一方看来,你是前所未有地明确的J的转世再生,几乎就是J本身。所以才这样具有攻击性。"

"不是你们一心一意开始的吗?把那男子那样子吊在桥上……即便现在,你们也要以天差地别的战斗力摧毁居住区。"

"我们胜券在握,果断行事。肯定的吧。倒是你们的祖先,曾不自量力地对美开战。"

"也是你的祖先。"

"我以此为耻。也可怜那些祖先。一个轻率鲁莽、缺乏理性的民族。不过,打起来的话,没必要怜悯。"

"你们原本设定居住区,建立自己居于优越地位的运作机制,这也够了吧?占有了国土,建立新的日本。你们还要在海外打仗,充分显示力量。现在竟然还要狠揍居住区的人,这究竟要满足你们什么欲求?"

女子欲言又止,看看门口方向。我不动脖子也能感觉到几个人进出的动静。那个年轻士兵也已经不在了。

"这个日本,"女子明显焦急、口快了,"在海外,以战争主义的和平主义的名义作战;在国内,通过镇压旧日本人维持统治。因为这是我国存在的基础,所以坚持到现在。但是,特别设置居住区优待旧日本人的时代已经结束。何况容许J转世再生之类的事情的话,情况将不可挽回。在日本各地,居住区的围栏正被拆掉。你这个J,唤起了难得处于休眠状态的旧日本人。"

"被压迫的居住区居民有权获得自由解放。可他们非但没有被解放,还像现在这样遭到了镇压。这种时候,开始攻击的一方,应该有控制事态的责任和能力吧。还有,我还要啰嗦,我不是J或其他什么。你们也很清楚的吧,原本就不存在J这号人物。这个国家被你们称为'旧日本',对我们来说是真正的日本。我们的日本被当作'旧日本',被压缩在居住区,当然心有不满。总而言之,现在这个国家的、居住区的人们的英雄J是否存在过……不,等等,所谓你们也好,居住区也好,纯粹是这里的日本的事情,我原本生活的地道的日本现在也在某处的,可因为不能明确说出在哪里,所以只好暂且把自己所在的这里叫作日本,真实感受日本;而这么一来,似乎不是我曾生活的那边,而是这里是日本似的,这里变成了地道的日本本身了。我不能理解的是,原本历史里没被叫作日本人的、金发钩鼻子的人,却成为日本人了。这个空间在我知道的历史之外,没落下一字痕迹,成为空前绝后的真日本了。日本里头该有我母亲的坟墓,所以也就该在这里。我有这番莫名其妙的经历,我所在的这里,就有我母亲的坟墓;我必须找到坟墓、写小说……"

脚步声响起,出现了几名士兵,他们走向银幕前的女子,放慢脚步,从两侧摁住了女子的肩膀。士兵中包括像日本人的少女。女子随即紧闭双唇,没显示任何变化和抵抗。

"我现在身体被捆住了,但嘴巴还没被堵上。因为还有该说的话。部下们会等我把该说的话都说完。这绝非出自仁慈或者交情,是作为工作,作为对受惩罚者最后的礼貌。也因为,如果我觉得一吐为快、无牵无挂,后面会更加痛快。接下来,我和你在这里要经受非常、非常不想经受的事情。如果你希望作为作家今后也干下去,不受苦,你就快快按照军队所说的去做。否则性命堪忧。"

女子的身体被一圈一圈捆扎起来,像根木棍似的几乎倒下,士兵们不耐烦地搡着她。

"之前在驻地,曾被你问过一个问题:为何我这个旧日本人在军队工作?当时我说了种种理由,诸如获得了日本国籍等,实际上是这么回事:我十多岁时,贪玩走出了居住区,在外面的世界闲逛时,被军队扣住了。这样的说法听过好多次,被教育说绝不能一个人出居住区外,可我年轻,就不爱听。军队时不时这样干,劫持居住区的年轻人,进行教育培养。军队要在早期就对这些人灌输日本政府当局的想法、做法,既有像我这样穿制服做正式工作的,也有作为间谍派回去的。至于其他的使用方式,还有进行种种询问和测试,尝试探索旧日本人的精神构造和特性等。旧日本人原本是何人种?为何对我们日本人抱有强烈的嫉妒和憎恶的同时,可以在居住区顺从地生活下去?他们的卑屈和忍耐究竟从何而来？我们对居住区应如何管理、压制？现在看来——不，最终看来，旧日本人特殊性的根源搞不清楚。真是不可思议。对成了日本人的我来说，很清楚这边的生活多么舒适，也实在无法理解居住区居民不斗争、永远被压制的状态。总而言之，我就是这样，作为居住区出生的日本人、作为军人，可以干下去的。这时候，你就出现了——作为应抹掉的J的转世再生、作为卑屈忍耐得叫人吃惊的人种的象征、作为应予讥讽的对象，以及，作为性行为的对象。那种行为，只是行为而已。是为了从你身上问出居住区的信息。最要紧的，是要把J这个旧日本传说的英雄拉下神坛，变成一个俗气的性对象，予以鄙视。然后，就是出于尝试与作为我自身人种的起源——亚洲-蒙古人种深入结合，这种自己也不明因由的单纯的欲求。由于最后这种欲求，作为军人的目的消失无踪了，但我在此要明确声明：跟你结合只是身体的欲求，丝毫也没有付出感情。只是，军队司令部不这样看。"

女子舒一口气，向周围点点头。另外的士兵从银幕旁运来四块梯形混凝土块，约有一抱粗。混凝土块摆成长宽相等的正方形，上面插入四根铁棒。铁棒都向内侧倾斜，顶端用钢丝拉紧、联结。顶端中央安装了滑轮，收卷起来的链子前端悬吊着皮带。又在这奇特的棚架旁放了两张梯凳。

士兵们用手抬起女子的腿外侧,使她处于水平状态后,再让她头朝下。士兵站上梯凳,用铁链子前端的皮带固定她的脚腕,完成倒吊。日本少女以腰为支点,将伸得笔直的上半身深深弯下,与脸在自己脚旁的女子说话,然后点头,直起身子。她跟女子一样,头发齐脸颊剪齐。她眼尾比女子略长,有点姐妹的感觉。她对我说话的声音高而尖。

"从现在起,这名女子以背叛日本的逆贼论处。这家伙以前承担的工作由我接手。"她为自己的声音兴奋得脸颊绯红,"这家伙尽管是旧日本出身,但抛弃了愚蠢的出身,实现了加入我国的改变;可她竟然偏偏跟愚蠢的人种,而且还是号称 J 转世再生的你,发生了性关系。"

女子扭过倒立的脖子,说道:

"我只是要了身体而已。完全没有感情。我只是为了嘲弄这个男人——"

"身为这个女子的对象、旧日本人崇拜的对象 T,你稍后也来说说。"

我趁少女孩子气地叹了口气之机,插话道:

"既然是你接手工作,那我的提问权利还有吧?这是怎么回事?你原本也跟这个人一样,是居住区出身吧?可你竟然这样对待同伴？你偏偏就是我的噩梦,对这明显的现实你怎么看？"

没找到时机插话的少女用她那小眼睛盯着我,说:

"我说了,我来接手。"

"为什么接手？接手什么？"

"为接手的东西而接手。我们旧日本出身的人,通过种种努力,被认可为日本的一员。其中最大的努力之一,是旧日本出身者的教育。我也受了这家伙的教导,渐渐成长为正式的、合格的日本人。然而这家伙背叛了我们。这种时候的惩罚,由同为旧日本出身者负责。绝不可有同胞间的同情。要将她作为单纯的逆贼狠狠惩罚,使之坦白真实情况,断绝人种的联系,而施加惩罚一方——就这个场合而言就是我,提高了价值。继续被重用。通过进行这样的为接手而接手的仪式,去掉旧日本出身的讨厌头衔,成为真正的日本国民。"

"这么说,你们不过是被诱拐,又被这边的政府彻底洗脑而已啦。"

少女这时依然少女脾性,眉毛、鼻翼、嘴角依次动弹一番,嘲弄似的说道:

"不是诱拐。我和这家伙,原本都是不被政府承认为国民的人种,但获得了承认。"

"所谓承认,是个很妙的说法。你们的日本,都是由承认才成立的。黑发的首相被金发的国民承认,国民由国家授予制服而承认。不是他人指着你说你是这样的人,那就受不了。你们不承认是国民的居住区的人也是这样。他们被授予旧日本人的称呼,禁闭在区内,不起来斗争。这回也是被挑动的。他们安于旧的名字。他们不用'自己',只用'我们'的意识去思考。"我情不自禁地用了 J 的语言。

士兵们运来好几块石头和混凝土块,在女子头部下方摆成圆形,上面架一口大铁锅,倒入铁桶打来的水。作业期间,少女继续对我说话,看也不看那边。

"为什么思考'自己'之类的?为什么非要钻进'自己'这种狭隘的容器不可?现在在我国,跟你同样的艺术家们走出了'自己'这个贫弱的价值观,获得国家承认——你不是也说了吗,得到了承认,对创作贯注全部热情。为国效力,作为纯洁的日本国民得到承认,为美国和我国一起以世界规模进行的和平主义的战争贡献力量,你不觉得是无上的欢喜吗?为什么装作不觉得?"

"所谓'贡献力量',是高级的说法,可对我而言,既没有居住区的旧日本人社会,也没有这边的日本,而是在某个地方的——"

"坟墓、纸和铅笔,对吧。你的报告收了一大堆了。好吧,如果你答应我们的要求,可以帮你找到坟墓,给你纸和铅笔。不过,得先处理这个女人。"

"要怎么样?"

当然,我大致能猜出要做什么,但忍不住不问。和我想象中一样的事情实际发生,我无法沉默不语。

那么,不沉默,只问一下;其余的,女子会遭何毒手,就不与闻了,是吗?就因为她说身体交合只为性欲,我就见死不救吗?在此,我的绝对无情等同于"只问一下",感觉好烦,说什么也徒劳。我用无能为力者才发出的声音、死到临头的幼儿为世上留下一句啼声的声音说道:

"请不要那样。"

请不要那样——是什么意思?是对没爱上的女人特别的人道主义吗?只是讨厌让我看了讨厌的东西吗?或者,梦见了地道的日本人之间美丽的情感融合?

不出所料,我的话语碰撞到士兵们的庞大身体,被粉碎了,发出"噼里啪啦"的声音掉在地上。

少女轻轻一笑,扬扬下颌示意;士兵们松开固定在铁支柱上的链子,缓缓放下。清晰的金属声响。女子似对被倒吊感到羞耻,闭上了眼睛。不可思议的是,她的头部无声无息地浸入了满满一铁锅的水中。少女这回脖子微微向上一扬,士兵们拉起链子。女子恐怕还没到极其憋闷就被拉出了水面。她直喘粗气,甩甩头,水滴四溅。然而,因为身体最重的部分把全身往下拉,所以无论如何挣扎,都是倒吊着不变。少女不理会飞来的水滴,再次弯腰俯下上半身:

"老实说就好了。很简单。但是,关于肉体的事实关系,是无可争议的。你打算对我们这些部下瞒天过海,但好多人看见停在桥上的车子有轻微的震动。更重要的是,你必须在此坦白,你正在进行时的心理。你老实说吧,你跟这个男人沟通感情了吧?一点儿也不困难。也不要迟疑。只需回答而已。那样的话,就不会受苦了。只要在这里说了该说的回答,这次调查就此完结。你明白吗,你作为军人犯了大错。不考虑自己的立场,与旧日本人发生关系。这跟人与人以外的生命体性交一样,是丑陋的行为。而且,不仅仅是身体吧?还有感情,对吧?最后由你自己亲口证明吧。这样的话,就放掉你。明白吗?你的命在你自己手上。没有更简单的方法了。好,回答吧。以我的名誉和你的名誉、以脱离了旧日本的我们的名誉、以为和平和民主主义而战的我国的名誉,你回答吧。你说,跟这个J的转世再生的旧日本人沟通了感情!"

我紧张得喘不过气。女子明明白白地摇头。少女下巴一摆,链子松开,感觉浸入水的时间只比前一次长了几秒钟。拉起来。我呼出一口气。

"只要点头就行。或者,你提防着?你以为'自己的命在自己手上'是我的漂亮话,你只要那么一回答立刻就被处死?"

少女下巴一动,链子松开,这回浸水期间,女子的身体也在扭动。我屏住气息,在女子的脸露出水面的同时,呼出一口气。少女问。女子否定。少女示意。链子的声音。身体扭动。一点一点延长的浸水时间。

我按女子的情况屏住气息,不是因消极的慈悲、想要同时体会她的痛苦,而是肉体的反应相近。我情不自禁就屏住了气息,如此而已。不多久,随着时间拉长,我终于憋不住,女子还在水里时,我就悄悄换气了。

我有两个疑问:第一,女子会在某个时刻受不住而答应吧?第二,答应的话,女子会怎样?像少女说的那样,作为对私通感情者的惩罚,处死?这样一来,有了第三个疑问:J的转世再生者夺走了美丽日本的支柱——军人的心和身,该当何罪?

链子的声音。浸入水中。加长的时间。链子的声音。女子难得地接触到空气的喘息。

"哎,怎么样?你付出了感情的那个男人也在好好看着呢。应该坦诚地表白吧?你就宣布确确实实沟通了,又如何呢?否则,你可是没完没了啦。明明是要消除不大光彩的旧日本出身,却破了规矩跟这个男人搞,肯定感情方面也跟肉体一样,带来快乐了吧?"

少女等着回答,女子摇头,少女示意。链子。浸入水中⋯⋯

刚才的疑问产生了新的疑问:这女子究竟出于怎样的心理,要一直摇头呢?之后仍坚持不从,或者相反点头承认,其中有何意图呢?首先单纯地想的话,就是女子对我不抱任何感情。然而,这是只看一面的解释吧。如果按照少女的要求去做,可能那一瞬间女子会没命。女子以前已经历过此刻少女的工作,极有可能明白承认的后果。少女方面当然也明白,是试探她佯装不知到何时——就是这样的状态吧?

少女又动动下巴示意。她眼神透出自信,在军队内已经完全接管了女子的地位。

女子佯装不知,不正是与我感情相通的证据吗?现在她脸上水淋淋看不出,但刚才被倒吊前,毫无疑问女子的眼睛是湿润的。即便当时只发生一次关系,女子不一定没动感情。反而是仅仅那么一次,唤起了强烈的感情吧?即便是不明所以之下发生关系,好歹曾结合在一起,所以只说是身体方面的话,是有点寂寞的。我感到寂寞,因为我只是满足了身体的欲求,什么感情也没发生。最低限度,希望感受到来自女子的情意。一次就完的关系,目的真的只是泄欲吗?其中夹带着人种上是同胞的理由,但毋宁说,正是狭隘的同胞意识,使情感急速结合的吧?我想来想去,什么人种啊,同胞啊,我很讨厌自己误入莫名其妙的日本后,跟这样的要素纠缠不清。

鼻子被打了一下。终于也对我下手了吗?我挺害怕,但不是有东西碰上来。而是嗅到了强烈的气味。放在女子下面的铁锅,因女子甩动,水量有了明显减少;这个铁锅被抬走,换上的铁锅里,用水桶倒入气味呛人的脏东西。少女看着我,嘴角上翘笑着说:

"到这里还不开口的话,只好问你了。你跟这个女人沟通感情了吗?"

没有比此时头脑更混乱,同时更清晰、高速地开动着的了。怎么回答呢?若说沟通了,则作为笼络军人的下流旧日本人被处罚也不稀奇;摇头的话肯定没好事,既然这样暂且沉默吧。

少女示意。我以为是我,但女子那边的士兵松开链子,女子身体下降,先是濡湿的头发浸入脏水中,接着发出"嚓噗"一声,头部浸入了锅里。我感到从胃部到咽喉,直至嘴里,涌起苦涩的颤抖,好想吐,吐什么都行。女子被拉起来。她脸上、头发上都蒙上了一层深褐色、有光泽的膜,处处带着粒状、条状的东西。眼睛虽闭着,但看来每次呼吸,褐色都从口角鼻端进入她的身体。

"好吧,两人之中谁都行。说吧。喂,你怎么样?所爱的女人好脏啊,不救她吗?你一句话,老实回答,她马上就能洗头——怎么样,很简单吧?"

但是,不等我回答,少女已经示意,随着带着黏稠感觉的一声"嚓噗",女子头部浸入脏水中,和之前一样确切地延长了时间之后,又拉上来。这回比之前大口喘气,于是蒙上的膜流入了女子口中。她想吐但吐不出来,随后的继续流入在她嘴里"咕嘟咕嘟"响。

"你怎么样?你希望一直这么漂亮地化妆吗?怎么样,看得见吗?那男人来这一下怎么样?"

少女动动下巴,士兵来到我身边,从腰间皮带抽出了什么东西,像拿枪一样举起到头部斜上方,停下。当然,停下的不是枪,是我整个身体。

"这样子就容易回答了吧?我再问一次,沟通了吗?"

我很惊讶的是,这是对女子发出的问题。少女认定女子对我有感情,要利用她对我的感情,威胁说若不想男人被杀,就回答问题。和倒吊的女子目光相遇。女子边甩着茶色的水滴边摇头。少女动动下巴,士兵瞄准了我的脑袋——我好不容易才从塑料模型探出额头。我不禁闭上了眼睛。

"你以为不用像她那样被灌水、吞脏污,就赚了?你尽管是个软蛋、非民主反日作家,但知道枪不会对自己发射纸或稻草的子弹吧。瞧,你可能自己都察觉不到,此刻你一副极度紧张、尖锐的面孔。丑陋地凸显出旧日本人贫弱的骨骼。你被逼到那个地步,就会老实回答了吧。"

话音刚落,闭合的眼睛近旁响起准备射击的"咔嚓"声。我紧张得喘不过气,胸腔快要开裂了,干脆就想上下晃脑袋,又放弃了,别上当受骗!轻微地左右摇晃。然而,管你是上下晃,还是左右摇,或者什么也没做,最终也就剩下两具违抗了军队的旧日本人男女的尸体而已吧。

"你别后悔了。"

离少女生硬的声音不过五秒钟便有一声轰响,我无疑承受了呼吸停止、身体僵硬的感触,因无特别痛苦难受而放心时——

"现在心情如何?下一枪也许不是打天花板,也许再次打天花板。或者哪也不打了,就看你这一句回答了。"

我睁开眼睛看看,见少女嘴角的笑扩展到整张脸。很明显,我的回答方式不是一个。示意。链子。女子消失在脏东西里。构成少女笑脸的皱纹或歪斜的筋形成了比之前浓重的影子,很显眼,与周边的白皙皮肤交锋,同时又取得和谐。链子绷紧,少女边皱眉笑,边确认女子已顾不上污物进入口鼻,在那些褐色和自己呕吐物之间找空隙呼吸。她看着我,简直就像看了人家的可爱宝宝之后,幸福地问自己的恋人:我们也该有一个这样的孩子吧?给女子的水和污物也好,什么时候命中我的子弹也好,用于保持少女的这张笑脸。这不是审讯或者拷问。女子和我回答什么已无关紧要。笑脸依旧示意。浸入污物之中。我的确看见,刚刚发出残酷示意的少女下巴,垂下了一缕涎水。少女享受着折磨我们的快乐,这里除此之外别无其他。我们的痛苦也好,迫近而来的死亡也好,只是满足少女嗜好的道具、达至快乐的手段而已……

母亲的、母亲的坟墓应该在某个地方吧？我是为了扫墓、写小说而来到这里的吧……链子的声音。女子或被浸水中，或被拉起来吧？银幕清晰地亮起来了。放映了什么？少女的快乐本体？女子和我的尸体？……不需要那样的东西。只是想扫墓、纸和铅笔。写小说吧。没别的，只是扫墓的小说。写出出版社接受的东西，拿到稿费的话，买一瓶酒，在某个地方买美味的鱼，可能的话还有肉，摆一桌不算太高级但菜多的……少女示意了一下，旁边的士兵端起枪。闭上眼睛。准备开枪的金属声音。坟墓也好，纸和铅笔也好，酒鱼肉也好，都消失了。求求你，请别开枪。轰响。停止呼吸。开始呼吸。少女在说什么，但听不见。点头也好，摇头也好，已经做不到了。塑料模型里的我，已经不再是原样的我了，所以请原谅我随意地点了头——不，以作家身份准确地说吧——请结束吧……金属声音。没错，请结束吧。轰响。中断的意识回来了。金属声音，无间隔随即轰响。还没完……意识严重变弱，再次轰响。展开的视野中，少女此刻露齿爆笑。想说"纸和铅笔"，但声音出不来。我的语言埋在我身上，出不来。摆弄语言可得的有趣东西……银幕亮度增加了。是电影院里的照明变暗了吗？

映出了首相巨大的脸。皮肤松弛,脂光可鉴,连毛孔也清晰可见。因为大小和位置的关系,看似首相要把倒吊的女子从手指尖起吞没,却拿污物的气味不知如何是好。尽管如此,嘴唇还是微微欲动。不是为了吃,而是为了说话。裹了污物、变成了瘦影子的女子。巨大的首相。他在说着什么,但我没恢复阅读日语字幕的能力。时间过去了许多。睡意跑遍全身……塑料模型的表面、双手、两腿、脖子某个地方,就连耳孔里面,都有被东西压着、插着的感觉。各处都被前端尖的、粗针状的东西抵住。不是针,要说前端尖的东西——是铅笔!终于来了!纸在哪里?不,最要紧的是坟墓。

妈妈,对不起啦,干活的工具优先。我一定会找到您的。如果、如果哪里都找不到,我会用纸和铅笔做一块墓碑。像摆弄许多语言制作有趣的东西那样。总之是扫墓、写下一篇小说,所以坟墓和小说是同样的东西。不,一定在写了。在看不见的纸上,用看不见的铅笔。

突然,尖东西抵住身体的部分全都掠过轻轻的麻痹,我睁开了眼睛。是首相的大特写。他一本正经穿着绿色制服,要吞没倒吊的女子。疼痛消失了,眼皮舒服地沉重起来……

没倒立的女子趴在我身上。看见了。当时的感触打在银幕上。日语对话。身体之间的交谈。银幕原本不就是这样的东西吗？不是为打出首相的脸，而是要打出热衷做爱者身上和语言上的甜美气息。有时是为把血或火药、没任何气味的气味弄成甜腻腻的、匪夷所思的影像给我们看。

妈妈也想拍摄？不拍好啦，跟肚子里的我一起看电影嘛。电影是观看的。就那样一直看就好了。我因为还没能出生，看不清楚，但我倒是好好听了——把院子里的婚礼气氛推上高潮的音乐、一身军服回家出席妹妹婚礼的迈克尔对女友凯说话的声音，诚实地诠释了家族的暴力。像妈妈说的一样。男人为什么总是想当主人公呢？

比之前强烈的疼痛来了，我睁开了眼睛。

妈妈，对不起，您可能要失望了，看不见的纸和铅笔都根本不能使用。我的身体不是纸。所以，到处扎我身体的尖东西，也不是什么铅笔，而像是电极。为了让我的身体通电流，为了让我睁开眼睛，为了看首相那张腮帮子肉下垂得快要掉下来的脸……

只要电流停了，意识就这样子远去。不辛苦。对了，迈克尔为了保护家族，脱下一本正经的制服，换上便服。就连三岛由纪夫也不是穿着私人军队的制服写小说的。必须再换上便服,才进入书房。他非法闯入自卫队切腹,由同志砍下脑袋——这样死法的作家,是非要打破牢固的招牌,来写小说的。不总是死亡的场合。去死不是作家的工作。不过,唯有卡夫卡的《城堡》的巴纳巴斯仍旧希望穿着制服,在城堡工作。可这世上全是巴纳巴斯。三岛也好,J也好,就连曾一度讨厌黑暗家业所以穿着军队制服的迈克尔,最喜欢大城堡和漂亮制服的巴纳巴斯。不过,因为我是个作家——

电流。睁开眼睛。意识返回。又要意识蒙眬时,再来电流。微弱电流通过,意识和视界都更清楚地打开。小椅子大小的火撑子和钢瓶式燃烧器被运到少女脚旁,点着火,架上长柄锅,倒入水。电流停止,再通电;这样重复了多少次?

少女的脸为快乐的预感而开心得歪了。

锅里弹出水滴的声音。里头倒满的不是水,是油。士兵看到示意,登上梯凳,把女子的右脚从固定她双脚的皮带里抽出,绑紧她全身的绳索也略为松开,让右脚劈开。剪刀登场了,女子的裙子剪开了豁口,内裤上也开了个大洞。如厌烦的我所想,火热的油锅交到了站上梯凳的士兵手上。接过的人以极其平静的眼神和姿势,控制着发抖的手,把锅端至女子叉开的大腿上方,倾斜下去。油漫至锅边,"啪叽啪叽"发出喧腾的声音。倾倒。激起无数薄金属的泡泡破裂似的声音。女子的身体慌乱扭动,是那种触电才见到的感觉。女子叫喊。有声音在响,是身体动作本身的声音,是自我否定为人、拒绝为声音的声音,是跪拜全世界声音的声音,是让地球沉默的声音。呛人的焦煳味在扩散。

电流、电流、电流,停了。

妈妈,再稍等一下。我把坟墓找出来——

电流、电流。巨脸首相拼命收起下垂的脸颊,要啜饮那女子。一国之首相,为何要忍受那性器的焦煳气味,拼死抑制猎物满头污秽的恶心,非吃这样的东西不可呢?这样的不可思议,用吃行为本身来消解的、死心眼的食欲。随着每次通电,首相明确起来。电流、首相,电流、首相。首相的脸因松弛的脸颊的重量,几乎要往前扑倒;这张脸被电流、电流麻酥酥的力缓缓提起,随之,女子的身体被首相的嘴巴(或无自信地收缩,或歇一下)叼着,随着嘴唇黏糊糊地蠕动,被一点一点地吞下去。要克服偏食的小孩子。背负父母的期待,要成为没有爱不爱吃都能吃下去的大人,于是心一横,甚至要搞定谁都不吃的东西。然而,最终连污物开始结块的头部也全吞下去,这时变成了一张尽情吸收了平日喝惯而非不爱喝的牛奶的婴儿脸,用舌尖抹过极端收窄的嘴唇,看正面。

电流、电流、电流!视界是一片泛白的紫色,银幕上,首相跟前的听众爆发出同样颜色的鼓掌、欢呼声。那个熟悉的举手姿势。银幕旁的扩音器发出汽笛变火星的、很响的声音。电流,钻过不间断放电的信号,从樱桃小嘴取代女子陆续放出的细长话语变成字幕,我朝着写满小说的我的全身降下来。

"……其结果,昨日以来我日本军在全国同时展开的居住区扫荡作战,以不可抗拒之势进展迅速,可望进入结束阶段。我们该压制的必压制,居住区该失败的必失败。今日的结果是必然的,相反的结果毫无疑问绝不可能(电流、凄绝的电光、鼓掌、欢呼、口哨)。也就是说,我们的胜利对我们是必要的,居住区的失败对居住区也是必要的。很长时间以来,我国采取的体制,是在国土中设定居住区,让旧日本人居住。但是,旧日本人的称呼、被那么称呼的人永远这个样子好吗?我国只存在日本人,生活在日本的人不该被称为日本人吗?不用说,即便是旧日本人,也可以取得日本国籍。我自己,在我国也被认可为日本人,像这样履行着首相的职责(电流、泛白的紫光、A、A 的大合唱)。尽管如此,大多数旧日本人却净胡说八道自己才是日本人,不认可我们日本是和平和民主主义的国家。只能认为,他们一方面讨厌被称为'旧日本人',另一方面却利用这个叫法赖在居住区。这种非理性、不彻底、得过且过、不着边际、矛盾重重、狡诈、地道旧日本人式的表现,作为日本政府绝不允许沉疴依旧、听之任之。此时此刻,我们日本要变成完美日本。暧昧或阴影、朦胧、余白、枯淡、物哀,与之伴随的不成熟情绪,这些旧日本的病理须完全克服,除去暗部,成为每个角落都阳光普照、没有一丝阴暗和一毫不安的、可以昂首面对世界的超一流国家(难以区别是特别强烈的电流、欢呼声、鼓掌或者效果音的响声)。现在,我国与没有阴影和不安、结成最强同盟关系的美国携手,正进行着为世界带来绝对和平的、全球范围的和平战争。为了目的再明确不过的战争,在没有阴影的纯洁战争最激烈之时,不允许暧昧的国内问题一直拖下去。连自己国家的问题也解决不了的国家,没有资格构筑世界和平。我们有资格和义务以明朗的手法干脆地解决昏暗的问题,让和平和民主主义的明灯照耀世界。众所周知,一直以来,我国都有旧日本人以搭乘列车误入的方式侵入。旧日本人便以为是传说中的反叛者J的转世再生,着迷于虚幻、偏执的愿望。最近就有那么一个异常人物,出现在西日本某町。而且此人物所在居住区,因其酷似J而骚动起来,牵连其他居住区,试图动摇国家。不能置之不理。在和平和民主主义的名义下,必须严密防范这样的暴行。这样的场合,不但要针对此人物侵入的个案,还要完全切除一直以来腐蚀我国的旧日本这个病灶,打破旧日本这个可恶的幻想,还要把旧日本人从这种非民主的狭隘环境中解放出来,让居住在我国的所有人成为日本人,建设一个堂堂正正的新国家。在本次行动中,我已经指示军队,应当让旧日本人成为高贵的日本人。军队对全国居住区的统一扫荡,是使我国成为真正的独立国家、让旧日本人成为日本人的正当行动。在此,我提醒旧日本人:我军已基本控制了所有居住区。另外,拘留了被说成是J的转世再生的人。旧日本人所凭借的幻想根据,与居住区一道已经消灭了。剩下的路只有一条:自动抛弃旧日本人这个名称,在我国法律之下,成为正式的日本人。门打开着。如果硬要关门的话,我们军队将以更强有力的方式行动。我想对日本国民、将要成为日本国民的人们这样说:不是国内争吵的时候了。必须和美国一起,向着世界的和平和安宁,积极、民主地继续全球规模的战斗。我国的目标,是迈向战争及民主主义统治的、完全的国家主义国家,它基于战争主的世界和平主义,是和平民主主义战争的结果。由我国所带来的、把地球和平作为国家和平确立的、人类历史上的首次尝试,是迈向完全和平国家的宇宙的第一步……"

电流、电流、电流——我已承受了多少?从那么久远起?从在母亲腹中、看不见却看了的、迈克尔穿着制服回家的情景时起?也许真是那样。这是因为这电流太痛,反而就完全不痛了。一定是出生之前就承受过电流,习惯了吧。我出生前就出生了,因为电流之力。这个明亮的银幕,我清楚地出生、清楚地看着!看着抗拒地心引力、不让脸上松弛皮肤掉下来的勇往直前的首相!看着向上摊开双掌又收回胸前、一边令人焦急地摇晃脑袋一边大声叫喊的首相!我最终是只看着首相这张脸活过来的?我自以为在母胎内,自以为看见迈克尔,自以为读了没穿制服时的三岛写的小说,自以为见过穿制服的三岛,自以为读了巴纳巴斯没有制服不得安生的故事,其实从最初起、从自己出生前起,早早就被弄成这电影院的塑料模型,一直看着银幕上播放的首相吧……嘿,有必要提出疑问吗?现在不是正看着吗?此刻在母胎里,此刻出了肚子、出出进进、在作为作家生活的那个日本,在来给母亲扫墓的这个日本,以电流、和电流、通过电流看着首相。

我现在永远不眠。睡眠已无用处。因为我对于我自己的脑袋已经没有任何用处了。脑子早就不是看不见的纸了。因为纸和铅笔都看不见,所以原本就不存在。要说看得见的东西,有电流的首相,和鼓掌、欢呼、制服。迈克尔从美军制服、三岛从私人军队制服,换穿了绿色制服。不用说,巴纳巴斯也得到制服了……

电流的首相通过电流,像巨大的成套装置爆炸似的白灿灿地光芒万丈。首相的裤裆膨胀成母亲腹部的形状,巨型茄子的形状——我刚才在里头,现在仍在里头!首相膨胀的裆部眼看着突出来,连拉下拉链的工夫都没有,裤子就漂亮地裂成两半。我出生了吗?不,我没那么大。不可能有日本人的身体比首相的性器还大。可是,那性器怎么看都是刚出生的模样。

没有勃起。都膨胀到几乎顶破衣服了,真面目却是一团柔软,无从把握,没有硬起来的动静,感觉如富含春水的沙土漫溢过道路或者围堰,皱巴巴,平平坦坦。首相皮肤松弛、如百岁孩儿般纯粹的脸向着正面,从嘴里——电流。

"现在,我真实感受这一切。这样子、这样子(轻轻捏起满满一把如同坐垫的性器展示)兴奋着、感受着。此刻正需要国民万众一心,以战争主义的世界和平主义,和平地进行民主的战争……"

拿铅笔的右手食指下面停了一只蚊子。我右手写字写得烦躁，停下来，它就乘虚而入了。我轻轻调整了呼吸，重新写，不是为了赶蚊子。作家写得不顺利，不必失去理智，冤枉昆虫、驱赶它；纯粹为了找回执笔之手的动作，用力让悬空的铅笔不太尖的微微变圆的前端接触粗糙的纸，重新开始写字，余光留意着蚊子的飘浮。

就这样写着这篇作品。我目前住在国营公寓的三层，极狭窄简朴的一个房间。虽然难说样样齐备，但对单身生活而言基本没有不便，说舒适也不算夸张。整栋楼都是这样的房间。有许多和我一样在艺术、表演领域工作的人。有国营广播公司的导演或舞蹈家、文案撰稿人、广告设计师、魔术师等，方方面面。在这里，传统上一直是这方面职业的人在生活。的确有相互激发的好处，我也时不时拜访导演，就文章和影像在表达上的差异，像个单纯的学生一样讨论。又曾有魔术师说开发出新技术，让我提供意见。我看了表演，斟酌词句不让对方失落，委婉地告诉他这种程度可能拿不下国家的公演许可。这位年轻人天真可爱，脸上稚气未脱，说是喜欢做让人吃惊的事情。他目前还不是职业表演者,靠给前辈们当助手生活。他向国家的艺术审议委员会申请艺术家的认可,目前在等待结果。他看待已获认可、以文艺创作为生的我等时,充满向往之情。我衷心祝愿像他这样忠实于国家与和平民主主义的人能够开心地开展优秀的艺术活动。

在全国,存在着无数望眼欲穿等待获认可的艺术家。获国家承认是很不容易的事情,需经过各种程序。众所周知,认可方式有好几种。首先,是自己向国家提出申请、等候好消息到来的方法。这是最一般的,无须实际的创作、表演,只需怀着热情填写规定的文件,表达自己如何尊重国家与和平民主主义,打算为国家做何种艺术表演。手续简单的同时,申请人也多,通过与否的结果要等半年,视不同情况要花上几年的也不稀奇。

跟这个不同,结合提交文件申请,一开头就请审议委员看实际的表演活动,是一口气获得认可的路子。因表演本身直接获得审查,如果水准高,当场获认可也不是没可能;另一方面,如果不行就被否决,加上对国家的忠诚被怀疑,要被军事当局讯问,也有根据情况冻结申请认可的权利的。

似乎还存在一种极为特殊的认可形式。尽管审议委员会没有公开表明第三条道路,但作为传说的事情流传着。

具体而言是怎样的方法,谁也不知道。既没人见过,我也没遇上过实际以这种方式得到认可的艺术家。有一个说法说,以第三条道路获选的艺术家本身,不知道自己的认可过程。没自觉之时被认可了,会有这样的事情吗?

其实在我身边,或者说在我自己身上,有解开谜团的线索。我自己是何时、怎样获审议委员会认可成为作家的,完全不记得。我也没提出过申请。也没写了小说寄给审议委员会。不自觉中参与作家活动至今。所谓的"第三条道路",就是这样在本人不知情时,以不留下记忆的方式实行的事情。据部分臆测,它的所谓方法,是本人具备极优秀的能力,同时成为国家的艺术家的愿望较他人强一倍时,就获采用了。说是一种确实而强烈的做法,一旦获认可就绝对不能回头。我完全没有记忆。

说到记不得,不单是成为作家的过程,自己大致度过了怎样的人生,记忆也回答不上来。年幼时和母亲相依为命,声音容颜还记得,但曾怎样生活、成长,就记不清了。似乎母亲很年轻便已辞世。那时至今究竟有过什么,自己是什么状态呢?这些记忆成为迷雾的原因,看来就在前面说的"第三条认可道路"。让一个人的记忆散失,究竟是用了怎样的方法呢?

我听说了一些不科学、不合理的迷信说法。诸如在反国家、反和平、非民主的旧日本人非法组织里,有人遭受了极为残忍的、极度残害人的心身的某种方法,备受折磨后顺从了当局。还有说 T 在国家摧毁居住区的骚动混乱时,被拷问后废掉了。很讨厌的说法。是反和平的妄想。众所周知,数年前,被称之为"旧日本人"的家伙在日本各地发起叛乱。国家为了镇压这个否定民主主义的暴行,以民主的启动方式出动军队,平定了意图颠覆国家的无法无天者,依法严惩了数名暴徒带头人。政府和军队本可不限于带头人,对全体暴徒也予以严惩,但决定抛弃"旧日本人"的称呼,接受他们为正式日本人,发给 N·P。和平、民主地对待敌对势力,免除反国家活动的罪,最终接受为自己的国民。这一做法作为完美的政策,被世界高度评价,更加提高了我国的声望。这些都是国民众所周知的,国营报纸的随笔栏不必特别谈及,而为了和平民主地否定非法地下组织针对我的反国家妄想,我重新做了记述。在平定该居住区的行动和平、合法地结束之后,我就从旧日本人变成了正式的日本人,开始了作家的活动。我虽然写过,自己不知不觉间就成了作家,但大致就在那一时期。对之前来龙去脉的记忆,我不想自己去寻求。那样的寻找不但没有必要,而且是对我自己，进一步说是对我国的冒犯行为。我现在是国家认可的作家，置身于和平民主，而且是国家的、无限自由幸福的创作环境中。我必须说，因记忆模糊之类的理由对过去抱有疑问，就否定了给予我们最大自由的和平民主的我国，等同于掐死自己的艺术活动。

非法组织的妄想中毒者们甚至认为，也许T只是假装失去记忆，其实什么都记得。说什么旧日本人的T为了把他的过去尽量缩小，把记忆出售给当局了。甚至进一步说（这只能是恶意中伤作家这个职业；它可是我不甘于旧日本人这个不利的出身、努力成为日本人、得到国家民主地认可的职业），这份在旧日本人时期写成的稿子存在于某个地方。据部分国营媒体以谴责他们令人厌烦的妄想的形式传达的信息：从一个不相干的别处流落到日本的T，之所以受到军队的拷打，是因为与当时军队在籍的一名女性有淫秽关系。不管怎样，T从一开始就放弃了所有作家都必须坚守的"为国家而文艺"这一和平民主的创作态度，试图以满足自己欲求的目的写小说。然而，他应是卷入了居住区暴动和镇压行动，受到了前面所说的拷打，留下了一部详尽记述自己作为人变得不正常，连性能力也失去了这一过程的作品。因拷问而失忆的T，成了只会机械性讨好当局的御用作家;如果不是这样,则 T 现在仍是个正常人,保持着作为作家的独立意识,表面上乖巧地赞美国家,实际上和旧日本人时代一样,坚持满足作家欲求的意志,祈求有那么一天,国家体制大变革,可以自由写作不偏袒国家的自由作品,为此而私下里磨砺颠覆国家的利爪……

这些说法一读就能看出,不过是陷害我的反和平、非民主的妄言而已。在曾经的旧日本灰飞烟灭、旧日本人喜得日本国籍的今天,特地死抠我的出身,只能是出于歧视日本国民出身形态的恶毒心理,别无其他。是暴露、捏造、利用国民各自的过去,加以排斥的言行。我的性无能是天生的,因此,说我与军队某女性有淫秽关系,是完全不成立的。这一谎言有可笑的、决定性的错误,只能说是自己给自己的脖子套上绞索。这些家伙不断叫喊在镇压居住区时,存在一份旧日本人的我写的稿子,这如同指鹿为马。因为我获认可成为作家,是镇压居住区之后的事,不可能有什么之前的稿子。退一万步说,假如这世上曾有一瞬间存在一份不获认可的稿子,当局予以揭发,判定为反和平、非民主言论,将其废掉了,这是理所当然的看法。因此,哪儿都没有旧日本人时代的 T 的稿子,这是显而易见的。退一亿步说,假如在这个有传统的国营报纸读者中,有人见过那样的稿子,这个人作为可悲的读者、苦命的日本国民,受到当局讯问乃是理所当然的。但完全不必担心。那样的反国家作品,在日本未曾写成过。没理由写的。所谓言论,不是那样藏污纳垢的东西。

再次重申:没有那样的稿子。也没有存在的理由。所以,谁也没有见过。还有,说我被拷打,变得不正常,也只是幻想而已。不正常的人能写出您此刻正阅读的文章吗?不用想就明白。另外,和旧日本人时代一样,期望作为作家的自由活动和国家的变革,企图颠覆体制,这种逻辑只能是否定逻辑本身。我现在完全自由。我获得了作为作家可望得到的、最大的自由。获得国家认可、为国家写作品——我无法想象更多的自由了。在我国与美国在平等合作关系之下推进的战争主义的世界和平主义的战争要予以彻底打击的、反人类非地球独裁国家及在其影响下的非人道势力下,允许艺术家搞创作活动,而不经过国家认可,其结果,唯有暴力和性描写泛滥无边;另一方面,艺术家本身处于吃了上顿没下顿的状态。难道这有哪一点是自由的吗?不为国家的存在做出贡献的艺术不是艺术,所谓永远自由,不过是与艺术无关的自我表现而已。那样的人不会达至真正纯粹的表现,要不自己变为自己的小木偶,否则就被撇开,连被操控的才干都没有——也就是说,只是个塑料模型似的东西而已。我已厌烦说这么多。

我绝不是塑料模型。是人、是日本人、是作家。立足于这个值得庆幸的事实,希望今后也尽可能自由地把表现活动进行下去。这,才会让我自己的未来自由,也让跟我身后的、我国的艺术家们自由,不好意思还有极个人的一点:也是对亡母和未曾谋面的父亲尽孝吧。最后,我要感谢艺术审议委员会,很惭愧要他们为我翻译了那些尚未脱尽旧日语的语言。

21世纪年度最佳外国小说书目
（2001—2015）

2001年：

1. 要短句,亲爱的 〔法〕彼埃蕾特·弗勒蒂奥 著
2. 雷曼先生 〔德〕斯文·雷根纳 著
3. 天空的皮肤 〔墨西哥〕埃莱娜·波尼亚托夫斯卡 著
4. 无望的逃离 〔俄罗斯〕尤·波里亚科夫 著
5. 饭店世界 〔英〕阿莉·史密斯 著
6. 凯恩河 〔美〕拉丽塔·塔德米 著

2002年：

7. 老谋深算 〔美〕安妮·普鲁克斯* 著
8. 间谍 〔英〕迈克尔·弗莱恩 著
9. 尘世的爱神 〔德〕汉斯-乌尔里希·特莱希尔 著
10. 幸福得如同上帝在法国 〔法〕马尔克·杜甘 著
11. 黑炸药先生 〔俄罗斯〕亚·普罗哈诺夫 著
12. 蜂王飞翔 〔阿根廷〕托马斯·埃洛伊 著

---

* 即安妮·普鲁。

2003 年：

13. 伊万的女儿，伊万的母亲 〔俄罗斯〕瓦·拉斯普京 著
14. 完美罪行之友 〔西班牙〕安德烈斯·特拉别略 著
15. 砖巷 〔英〕莫妮卡·阿里 著
16. 夜半撞车 〔法〕帕特里克·莫迪亚诺 著
17. 夜幕 〔德〕克里斯托夫·彼得斯 著
18. 灵魂之湾 〔美〕罗伯特·斯通 著

2004 年：

19. 深谷幽城 〔哥伦比亚〕阿瓦德·法西奥林塞 著
20. 美国佬 〔法〕弗朗兹-奥利维埃·吉斯贝尔 著
21. 台伯河边的爱情 〔德〕延·孔涅夫克 著
22. 巴拉圭消息 〔美〕莉莉·塔克 著
23. 守望灯塔 〔英〕詹妮特·温特森 著
24. 复杂的善意 〔加拿大〕米里亚姆·托尤斯 著
25. 您忠实的舒里克 〔俄罗斯〕柳·乌利茨卡娅 著

2005 年：

26. 亚瑟与乔治 〔英〕朱利安·巴恩斯 著
27. 基列家书 〔美〕玛里琳·鲁宾逊 著
28. 爱神草 〔俄罗斯〕米·希什金 著
29. 爱的怯懦 〔德〕威廉·格纳齐诺 著
30. 妖魔的狂笑 〔法〕皮埃尔·贝茹 著
31. 蓝色时刻 〔秘鲁〕阿隆索·奎托 著

2006 年：

32. 梅尔尼茨 〔瑞士〕查理斯·莱文斯基 著

33. 病魔　〔委内瑞拉〕阿尔贝托·巴雷拉　著
34. 希腊激情　〔智利〕罗伯托·安布埃罗　著
35. 萨尼卡　〔俄罗斯〕扎·普里列平　著
36. 乌拉尼亚　〔法〕勒克莱齐奥　著
37. 皇帝的孩子　〔美〕克莱尔·梅苏德　著

2008 年(本年起,以评选时间标志年度)：
38. 太阳来的十秒钟　〔英〕拉塞尔·塞林·琼斯　著
39. 别了,那道风景　〔澳大利亚〕亚历克斯·米勒　著
40. 优美的安娜贝尔·李　寒彻颤栗早逝去
　　〔日〕大江健三郎　著
41. 大师之死　〔法〕皮埃尔-让·雷米　著
42. 午间女人　〔德〕尤莉娅·弗兰克　著
43. 情系撒哈拉　〔西班牙〕路易斯·莱安特　著
44. 曲终人散　〔美〕约书亚·弗里斯　著
45. 我脸上的秘密　〔爱尔兰〕凯伦·阿迪夫　著

2009 年：
46. 恋爱中的男人　〔德〕马丁·瓦尔泽　著
47. 卖梦人　〔巴西〕奥古斯托·库里　著
48. 秘密手稿　〔爱尔兰〕塞巴斯蒂安·巴里　著
49. 天扰　〔加拿大〕丽芙卡·戈臣　著
50. 悠悠岁月　〔法〕安妮·埃尔诺　著
51. 图书管理员　〔俄罗斯〕米哈伊尔·叶里扎罗夫　著

2010 年：
52. 转吧,这伟大的世界　〔美〕科伦·麦凯恩　著

53.卡尔腾堡 〔德〕马塞尔·巴耶尔 著
54.恋人 〔法〕让-马克·帕里西斯 著
55.公无渡河 〔韩〕金薰 著
56.逆风 〔西班牙〕安赫莱斯·卡索 著

2011 年：

57.古泉酒馆 〔英〕理查德·弗朗西斯 著
58.天使之城或弗洛伊德博士的外套
　　〔德〕克里斯塔·沃尔夫 著
59.复活的艺术 〔智利〕埃尔南·里维拉·莱特列尔 著
60.哪里传来找我的电话铃声 〔韩〕申京淑 著
61.卡迪巴 〔法〕让-克里斯托夫·吕芬 著
62.脑残 〔俄罗斯〕奥利加·斯拉夫尼科娃 著

2012 年：

63.沙滩上的小脚印 〔法〕安娜-杜芬妮·朱利安 著
64.阳光下的日子 〔德〕米夏埃尔·库普夫米勒 著
65.唯愿你在此 〔英〕格雷厄姆·斯威夫特 著
66.帝国之王 〔西班牙〕哈维尔·莫洛 著
67.鬼火 〔美〕莉迪亚·米列特 著
68.骗局的辉煌落幕 〔瑞典〕谢什婷·埃克曼 著
69.暴风雪 〔俄罗斯〕弗拉基米尔·索罗金 著

2013 年：

70.形影不离 〔意〕亚历山德罗·皮佩尔诺 著
71.我们是姐妹 〔德〕安妮·格斯特许森 著

72. 聋儿 〔危地马拉〕罗德里格·雷耶·罗萨 著
73. 我的中尉 〔俄罗斯〕达尼伊尔·格拉宁 著
74. 边缘 〔法〕奥里维埃·亚当 著

2014 年：

75. 生命 〔德〕大卫·瓦格纳 著
76. 回到潘日鲁德 〔俄罗斯〕安德烈·沃洛斯 著
77. 潜 〔法〕克里斯托夫·奥诺-迪-比奥 著
78. 在岸边 〔西班牙〕拉法埃尔·奇尔贝斯 著
79. 麻木 〔罗马尼亚〕弗洛林·拉扎莱斯库 著
80. 回家 〔加拿大〕丹尼斯·博克 著

2015 年：

81. 骗子 〔西班牙〕哈维尔·塞尔卡斯 著
82. 星座号 〔法〕阿德里安·博斯克 著
83. "自由"工厂 〔俄罗斯〕克谢妮雅·卜克莎 著
84. 所有爱的开始 〔德〕尤迪特·海尔曼 著
85. 首相 A 〔日〕田中慎弥 著
86. 美丽的年轻女子 〔荷兰〕汤米·维尔林哈 著